ISBN 9783751972758

© 2023 bei Lena von der Vögellaune
Herstellung und Verlag:
BoD – Books on Demand, Norderstedt,
Germany (EU)
www.bod.de

In alle Löcher

-

Sexgeschichten ab 18

Mehr von mir und meinen Büchern auf

www.voegellaune.eu

Inhaltsverzeichnis

Sommertag

Die Sonne stand noch sehr hoch, als Claire und Marc durch den Park liefen. Claire hatte ein dünnes Sommerkleid an, welches ihre festen Brüste und ihren süßen, geilen Knackarsch umspielte. Hinten war es bis zur Hüfte offen und nur ihre Haare, welche bis zu ihrem Po gingen, verdeckten diesen Anblick ein wenig. Vorn hatte es einen so tiefen Ausschnitt, dass Marc ihre geilen Brüste sehen konnte, die nur vom Bikinioberteil, einem Neckholder, verdeckt waren. Wenn der Wind von vorn kam, konnte Marc die steifen Brustwarzen sehen, kam er von hinten hatte er einen guten Blick auf ihren Knackarsch. Ob sie nackt war, oder noch ein Höschen anhatte, konnte er jedoch nicht sehen. Seine kurze Hose bedeckte seinen Arsch, den Claire fast genauso geil fand wie den Schwanz von Marc. Oben hatte er nur ein Shirt an und trug nichts drunter. Claire mochte den Anblick seines Körpers. Sie liefen direkt zu einem kleinen See. Hier hatten beide vor ein paar Tagen eine Stelle entdeckt, an dem sie den Sonnenuntergang beobachten wollten. Bis dahin war aber noch genug Zeit, die sie sich anders vertrieben. Marc bei Claire und sie bei ihm. Mit streicheln und küssen bedeckten beide jede einzelne Stelle nackter Haut. Das wird ein richtig geiler Abend und gevögelt wird nachher auch noch, sagten beide wie aus einem Mund.

Als sie angekommen waren, umarmten sie sich ganz fest. Sie rieb ihre geilen Brüste an ihm und Marc wollte sich nicht zurückhalten und drückte seinen Schwanz gegen ihren Venushügel. Ihre Hände wanderten über seinen Rücken nach unten. Die linke Hand legte sie auf seinen Arsch und die rechte ging direkt zwischen seine Beine an seinen Schwanz und seine Eier. Marcs Arschbacke knetete Claire richtig. Ganz vorsichtig massierte sie erst seine Eier und dann seinen Schwanz, der unter ihrer zärtlichen Massage immer fester wurde. Seine linke Hand strich vorsichtig die Naht ihres Kleides am Rücken entlang. Noch ein wenig weiter und er konnte ihren geilen Arsch massieren. Nur seine Fingerspitzen berührten ihre nackte Haut, als sie über ihren Rücken strichen. Marcs rechte Hand tastete sich an ihrem flachen Bauch hinunter bis zu ihrer Möse. Jetzt bemerkte er, dass Claire nur einen Stringtanga trug und der Saft schon aus ihrer Möse tropfte. Offensichtlich war sie genauso geil wie er. Als Marc anfing ihren Kitzler zu massieren, stöhnte sie leise in sein Ohr. Er leckte seine Finger ab, die nach ihrem Saft schmeckten und dann nahm sie ihre Hand in den Mund und leckte genüsslich einen

Finger nach dem anderen ab. Dabei sah sie ihm tief in die Augen.

Jetzt hockte Marc sich vor sie und schob ihr Kleid nach oben. Je mehr er schob, umso mehr küsste er sie. Erst Claires Oberschenkel, während seine Hände ihren Knackarsch massierten, dann ihr geiles Loch, was sie mit einem lauten Stöhnen belohnte. Marc schob seine Zunge in ihre Möse und leckte sie. Je schneller er leckte, je lauter stöhnte sie ihre Geilheit hinaus. Wie eben, als er ihre Möse küsste, presste sie Marcs Kopf an ihren geilen Körper. Jetzt fuhr seine Zunge über ihren Bauch und seine Hände glitten über ihr Bikinioberteil. Für einen Moment knetete er ihre prallen Brüste, die genau in seine Hände passen. Oh, war das schön, denn auch er wurde immer geiler beim Erkunden ihres Körpers und ihrer geilsten Stellen. Marc schob nun das Kleid über ihren Kopf und küsste die Brüste von ihr. Claire presste sie gegen seinen Mund, denn die Hände, mit denen sie eben noch Marcs Kopf fest an sich gedrückt hatte, waren schon ganz oben über ihrem hübschen Gesicht. Wieder hörte er ein leises Stöhnen. Marc leckte über die fast nackten Brüste und küsste danach ihren Hals immer weiter nach oben. Jetzt hatte sie nur noch ihren schmalen Bikini an, der mehr zeigte als er verdeckte. Zwei Dreiecke aus Stoff verdeckten die steifen Nippel ihrer Brüste und eines, ihre süße Möse. Es war ein geiler Anblick, den Marc genoss. Anschließend schob er seine Zunge in ihren und sie ihre in seinen Mund. Beide küssten und streichelten sich ganz lange.

Das sie, bei all dem beobachtet und gehört werden könnten, machte die zwei nur noch geiler. Claire war mit ihren kleinen zärtlichen Händen geschickter und schneller als Marc dachte. Sie hatte ihm, während beide sich küssten, die Hose ausgezogen und war wieder an seinen Schwanz gegangen, um ihn nun noch heftiger zu massieren. Um nicht gleich zu kommen, zog er ihre Hände hoch und sie zog ihm sein Shirt aus. Claire fuhr mit ihren Fingern über seinen Rücken. Eigentlich waren es nur ihre Fingernägel, die er auf seiner nackten Haut spürte. Claire wusste genau wie sie Marc geil machen konnte. Als sie sein Shirt über seinen Kopf geschoben hatte, küsste sie ihn einmal auf den Mund. Danach ging ihr süßer Liebesmund nach unten. Über seinen Hals, seine Brust, seinen flachen Bauch bis zu seinem Schwanz, den sie jetzt in ihren Liebesmund nahm und anfing richtig hart zu blasen. Den Rest der Sachen rissen beide sich gegenseitig von ihren Körpern.

Marc legte sich auf den Rücken, denn er wollte Claire endlich vögeln. Aber sie setzte sich mit ihrer geilen, nassen Möse auf seinen Mund und nahm seinen steifen Schwanz wieder in ihren Mund. Oh, sie konnte so geil blasen. Marc musste aufpassen, dass er ihr nicht gleich seine ganze Ladung Sperma in den Mund schoss. Seine Zunge hatte er um ihren, immer fester werdenden Kitzler kreisen lassen. Als die Liebesperle fest war, stand sie auf, drehte sich um und setzte sich auf seinen prallen, steifen Schwanz. Claire ritt auf ihm und er konnte ihre geilen Brüste kneten. Wenn er sie an ihrer Hüfte packte, die sich immer schneller hin und her bewegte, konnte Marc sehen, wie sie im Takt des geilen Rhythmus mitwippten. Das war ein toller Anblick. „Komm, Marc" sagte sie zu ihm. „Nimm mich von hinten in meine geile, nasse Möse." Das ließ Marc sich nicht zweimal sagen. Sie ließ ihn aufstehen und dann stieß er seinen harten Schwanz in ihr süßes Loch. Claire war so schön eng und geil, dass sie lauter stöhnte. Marc schlug immer mal wieder mit seiner linken Hand auf den geilen Arsch von Claire. Das machte sie richtig geil, hatte sie ihm mal erzählt. „Mach weiter" sagte sie „nimm mich richtig hart ran." Das tat er und kurz bevor sie gemeinsam kamen, zog Marc seinen Schwanz aus ihrer nassen engen Möse. Er spritzte die ganze Ladung über ihren Rücken. Bis in ihr Genick spritzte sein Sperma. Zum Schluss bekam sie noch einen kräftigeren

Schlag auf ihre Backen. Dieses Mal mit beiden Händen gleichzeitig. Sie stieß ein lautes, kurzes „Ah" aus, um direkt danach mit ihrem geilen Arsch zu wackeln.

Beide waren so geil gekommen, dass sie sich, so nackt wie sie waren, nebeneinanderlegten und streichelten. Sie streichelten sich gegenseitig an jeder Stelle, die ihre Hände jetzt noch erreichen konnten. Der Puls von Claire und Marc wurde sehr langsam ruhiger. In ihrer Möse kitzelte es noch und auch sein Schwanz, der wieder schlaffer wurde, zuckte noch ein paar Mal.

Die zwei frisch gevögelten setzten sich auf, holten den Sekt und die Erdbeeren aus der Kühltasche und beobachteten den Sonnenuntergang. So einen geilen Abend hatten wir schon fast drei Wochen nicht mehr.

Nach Feierabend

Monique und Franc waren Kollegen in einem großen Bürogebäude. Auch in dem gemeinsamen Büro, waren noch weitere Kolleginnen beschäftigt.

Insgesamt arbeiteten hier neun Frauen und ein Mann. Die Frauen versuchten immer mal wieder mit Marc ein Date zu verabreden. Jessica hatte extra ihr Minikleid angezogen. Sie setzte sich auf seinen

Schreibtisch mit leicht gespreizten Beinen. Ihre Schenkel waren ein Hingucker und ihr knackiger Po war auch sehenswert. Obgleich sie kein Höschen trug, was Franc nicht verborgen blieb, kam es zu keinem Treff.

Manja hatte die perfekte Idee. Sie lief hinterher als Franc mal wieder in den Kopierraum ging. Von hinten beobachtete sie ihn und sein Anblick schien sie richtig geil werden zu lassen, denn Manja spürte mit einem Mal einen kleinen Lusttropfen aus ihrer Möse laufen. Sie hatte sich heute Morgen noch den Intimbereich rasiert. Dabei hatte sie nur einen schmalen Streifen ihrer Haare stehen lassen. Bis zum String rann er. Dort blieb er dann in dem kleinen Dreieck drin. Sie wollte nicht mehr warten. Ging näher zu ihm und er konnte ihren Atem in seinem Genick spüren. Sie roch so gut, dass er sich sofort umdrehte. Weil Manja so geil war, packte sie den Schwanz von Franc etwas zu fest. Sein Gesicht zeigte den Schmerz, den er fühlte. Manja entschuldigte sich und drehte sich um. Sie war gerade einen Schritt weg, da spürte sie den Schlag seiner Hand auf ihrer Arschbacke. Ein wohliges Stöhnen war noch zu hören und dann war Manja weg.

Finja hatte sich heute etwas Besonderes einfallen lassen. Na gut, so besonders war es nicht, wenn eine junge Frau wie Finja, mit ihren 19 Jahren kein

Höschen trug. Ihr süßer Arsch brauchte auch keine Umhüllung. Auch ihre kleinen, festen Brüste waren nackt unter ihrem dünnen Shirt. Sie hatte heute eine enge Jeans an, die ihre Kurven noch betonte. Als es endlich Feierabend geworden war, war Franc mit ihr allein. Weit und breit war keine Kollegin mehr zu sehen und auch in den anderen Etagen schien niemand mehr zu sein. So ging Finja zu Franc, hockte sich vor ihn und öffnete ganz langsam seine Hose. Die Beule von seinem großen Schwanz war nicht zu übersehen. Finja ist sehr schlank und auch sehr eng gebaut. Er würde ihr geiles enges Loch wohl vollständig ausfüllen. Aber genau das wollte Finja doch auch.

Sie zog auch gleich noch seinen Slip herunter. Scheinbar war er mit dem gleichen Gedanken zu Hause gestartet. Denn sein Slip war transparent und so konnte Finja den Riesenschwanz von Franc sofort sehen. Er zog sie wieder hoch, packte mit seiner linken Hand ihren süßen Po und mit der rechten öffnete er ihre Hose. Er griff sofort nach ihrer, jetzt noch nasseren Möse, und rieb ihren Kitzler. Sie stöhnte so laut, dass sie sich selbst beinahe erschrak. So geil war sie also auf Franc. Ganz schnell zogen sich beide gegenseitig weiter aus, bis sie komplett nackt waren.

Franc schob alles auf seinem Schreibtisch zur Seite und legte Finja darauf. Jetzt sah er ihren geilen Körper, ihr schönes Gesicht, ihre kleinen Brüste deren Nippel standen und ihre süße Möse. Franc spreizte ihre Oberschenkel und fing an sie zu lecken. Schnell merkte er wie geil Finja schon war. Dann tauschten beide die Plätze und Finja fing an zu blasen. „Komm nimm ihn richtig tief in deinen Mund" sagte Franc. „Ich blase ihn dir so tief wie ich nur kann" antwortete Finja. Sie nahm seinen riesigen Schwanz ganz in ihren Mund. „Oh, das ist so geil Süße" stöhnte Franc. „Jetzt will ich dich ganz" sagte er noch. „Bitte vögel mich und nimm mich richtig hart ran, mein Süßer" forderte Finja. „Ja, ich will alle deine Löcher" und so stieß er seinen harten Riemen in ihre kleine enge Möse. Mit einem lauten Stöhnen nahm Finja Franc in sich auf. Seine Eier klatschten an ihren geilen Arsch. Immer heftiger nahm er sie. „Dreh dich um, ich will deinen geilen Arsch" sagte er zu Finja. Er spreizte ihre Backen mit beiden Händen und dann fuhr er ganz langsam in ihren Arsch. „Dein Arschloch ist ja noch enger als deine Möse" sagte er zu Finja. „Oh, süßer nimm mich richtig ran" erwiderte sie. „Bitte stoß ihn richtig rein", was Franc sich nicht nochmal sagen ließ. Mit einem kräftigen Stoß war sein Riesenschwanz in ihrem kleinen Arsch verschwunden. Noch ein paar

Mal und dann zog Franc seinen Schwanz aus ihrem Arsch. Finja stand auf und hockte sich vor ihn. „Spritz mich voll, mit deinem Sperma." Franc nahm seinen Schwanz in die Hand, wichste ihn noch ein paar Mal und dann kam er. Die Sahne ergoss sich über ihre Haare, ihr Gesicht und auch auf ihren kleinen Brüsten waren ein paar Spritzer angekommen.

Finja hockte sich vor Franc, nahm seinen Schwanz wieder in den Mund und lutschte ihn sauber. Kein Tropfen blieb mehr da, wo er vorher war. Das Sperma von ihren Brüsten und von ihrem Gesicht, nahm sie mit ihren Fingern auf und leckte sie ab. Das Sperma aus ihrem Haar, spülte sie kurz ab. Schließlich war es draußen warm und so würden die nassen Strähnen niemandem auffallen. Sie schluckte sein Sperma und stand wieder auf. Beide küssten sich und zogen sich an. Beim Verlassen des Büros sahen sich beide an, die Blicke gingen von oben nach unten und Finja meinte „das müssen wir wiederholen. Ich liebe es so hart genommen zu werden." „Sehr gern" erwiderte Franc und beide gingen zum Ausgang des Hauses.

Das erste Mal – in ihren Arsch

Jessie und Mike waren schon ein paar Monate zusammen. Sie war Friseurin und er Masseur, eine

14

gute Kombination, wie sich schon ein paar Mal herausstellte.

Sie konnte ihm die Haare in Form bringen, natürlich nicht nur auf dem Kopf, sondern auch rund um seinen geilen Schwanz und die Eier.

Immer wenn Jessie hier ihren Job tat, war das nur der Anfang. Je mehr sie tat, je steifer wurde sein Schwanz. Wenn er richtig hart war, zog sie ihr Oberteil aus, hockte sich vor ihn, massierte ihn noch ein wenig und blies dann seinen Schwanz, lutschte seine Eier und manchmal schob sie auch ihren Finger in seinen Anus. Das machte Mike so geil, dass er seinen Saft in ihr Gesicht und über ihre süßen Brüste spritzte.

Wenn Jessie gestresst und verspannt von der Arbeit kam, begab sie sich in Mikes Behandlung. Dazu zog sie sich oberhalb ihrer Hüften aus und legte sich in Bauchlage auf sein Bett. Mike konnte so ihren süßen geilen Arsch, ihren Rücken, ihre Schultern und auch ihre Arme massieren. Natürlich knetete Mike den Arsch von ihr richtig fest. Das machte Jessie schon geil. Wenn er ihren Rücken bearbeitete, war es mal ganz fest und mal ganz zärtlich streichelnd. Beim Streicheln strichen nur seine Fingerspitzen über ihren Rücken. Immer von unten nach oben, an den Seiten wieder nach unten, bis zu ihrer Hüfte und dann wieder hoch zu den Schultern. Hierbei streiften seine Finger auch an ihren Brüsten entlang. Genau immer dann war ein leises Stöhnen von ihr zu hören.

Es dauerte nicht lange, und Jessie drehte sich auf den Rücken. Bei dem Anblick konnte Mike nicht widerstehen. Er hockte sich über sie und massierte die Brüste, dabei rieb er etwas heftiger an den Nippeln, die schon bald vor Geilheit standen. Anschließend zog er ihr kurzes Höschen aus und freute sich, dass sie nichts drunter anhatte. Also ging die Massage gleich weiter. Schön über die Lippen ihrer Möse immer hoch und runter. Jessie stöhnte immer lauter. Mike schob seine Finger hinein und mit dem Daumen massierte er ihre Lustperle, die immer größer und fester wurde. Jessie stöhnte ein „bitte nimm mich" heraus. Er wichste nochmal kurz seinen Schwanz und stieß ihn vor Geilheit ganz in ihre enge Möse. „Ah, ja, ja komm nimm mich" sagte sie und er bemerkte wieder einmal, wie schön eng und geil seine Jessie war. Sie hatte ihre langen Beine um seine Hüfte gelegt.

Er zog seinen Schwanz aus ihr heraus und drehte sie wieder in die Bauchlage. „Was machst du da" fragte sie und er antwortete „Jetzt möchte ich dich auch in deinen Anus ficken." „Es ist das erste Mal, dass ich von einem Mann so gefickt werde" sagte Jessie und fügte hinzu: „bei einem anderen hätte ich mich verweigert, aber deinen strammen, geilen Schwanz nehme ich gern. Aber sei vorsichtig, mein Liebster." „Na klar" sagte Mike. Jetzt packte er sie an ihrem Becken, hob es ein wenig und küsste ihre Möse. Dann leckte er über ihr kleines Loch und spuckte einmal drauf. Nun schob er seinen harten Schwanz hinein. „Ah, ah, langsam Schatz" sagte Jessie. „Ja, ich drücke deine Backen mit meinen Fingern auseinander und schiebe ihn dann in dein Loch." Als er fast ganz drin war, stieß Mike seinen Schwanz ganz rein. „Aua, ah, oh, oh, oh ja du machst es richtig geil, mein Süßer." Er schob seinen Schwanz vor und zurück. Jessie stöhnte immer lauter. Dann schrie sie: „Ah, ich komme" und schon floss der geile Saft aus ihrer Möse. Kurz danach zog Mike seinen Schwanz aus ihrem Arschloch und spritzte den ganzen Saft auf ihren Rücken, dabei stöhnte auch er. Ein paar Tropfen fielen auch auf ihren Arsch, der vor Geilheit bebte. Er drehte seine Jessie um und bedeckte ihre geilsten Stellen mit Küssen. Er küsste die Brüste, die Nippel, den süßen Bauchnabel und auch ihre noch immer nasse Möse.

Schluck, du kleine Schlampe

Dies sollte ein unvergesslicher Abend für Anna werden. Jedoch ahnte sie noch nichts von ihrem

Glück, denn heute sollten ihre geilen Gedanken tatsächlich wahr werden. Heute würde sie sich etwas einfallen lassen, dass zu bekommen wonach sie sich sehnt. Schon vor ein paar Tagen hatte sie ihren Job und so auch gleich die ganze Umgebung wechseln müssen.

Zuvor arbeitete sie in einem Bürokomplex als Sekretärin für zwei Chefs. Einer war schon älter, aber der andere war durchaus gut für so manchen One-Night-Stand. Anna hätte sich von ihm gern noch öfter richtig ficken lassen. Am besten in alle drei Löcher, denn immer, wenn er in ihrer Nähe war, fühlte sie wie ihre kleine Möse vor Geilheit kribbelte. Aber dazu sollte es wohl jetzt nicht mehr kommen.

Anna hatte ab sofort für einen Architekten, und einen technischen Zeichner zu arbeiten. Das waren wieder zwei Chefs und Anna hatte die Homepage des Architekturbüros einmal angeklickt. Es waren offensichtlich Männer, die ihr gefielen. Und so hatte sie eine Idee. Morgen wird sie ihre Chefs endlich auch persönlich, hoffentlich sehr persönlich kennenlernen.

Als sie morgens aufgestanden war, ging sie als erstes in die Dusche. Das neue Duschgel roch sehr gut und so schäumte sie sich richtig ein. Sie fuhr mit einem Finger über ihre Möse und bemerkte ein paar

Haarspitzen. Also den Rasierer genommen und die Möse rasiert. Wenn sich die Gelegenheit bot, wollte sie auch breit, noch nicht, nein bereit wollte sie sein. Die weit gespreizten Beine kommen noch – hoffentlich, dachte sich Anna. Sie war so geil, dass sie beinahe eben schon gekommen wäre, als der Strahl der Brause ihre Möse vom restlichen Schaum befreite.

Nun war Anna fertig und sie trocknete sich ab. Beim Abtrocknen war sie sehr gründlich. Ihre festen Brüste, den Rücken, den flachen Bauch, den Venushügel den süßen Knackarsch, ihre Möse die schon wieder kribbelte und natürlich auch ihre langen Beine. Dann ging sie in ihr Schlafzimmer, um sich anzuziehen. Auf einen Stringtanga verzichtete Anna, denn sie hatte ja noch etwas vor. Auch einen BH mochte sie heute nicht. Dafür zog sie sich ein beinahe transparentes Hemdchen an, welches ihre Kurven nur hauchdünn bedeckte. Darüber noch eine hellgrüne Bluse, die sie nur so weit zuknöpfte, wie es unbedingt sein müsste. Über die langen Beine und ihren knackigen Po zog sie die enge weiße Jeans. Für die Füße reichten heute ein paar Sandalen, denn es würde ein warmer Sommertag werden. Für Anna vielleicht auch ein heißer – mal sehen, was der Tag bringt.

Sie steckte noch eine Flasche Sekt, Knabberzeug, frische Erdbeeren und Schlagsahne ein. Hinzu kam noch ein kleiner Becher mit Salat. Mal sehen, wie die „Einstandsrunde" heute wird. Prüde und anständig, oder super geil mit einem Höhepunkt für alle.

Im Büro angekommen, war der Architekt schon da. Er sah noch besser als auf der Homepage aus. Als Anna dicht vor ihm stand, um Jan zu begrüßen, bemerkte sie wie sein Blick in ihren Ausschnitt ging. Das hatte schon einmal gut funktioniert bemerkte sie sofort. Beim Weggehen bewegte sie ihre Hüften etwas mehr als sonst. Sie konnte den Blick von Jan auf ihrem Arsch spüren. Er würde heute Abend sicher bereitwillig ihre Löcher füllen, da war sie sich jetzt schon sicher.

Alexander, der technische Zeichner kam gerade herein und ging direkt auf Anna zu. Auch er sah auf ihre Brüste und ihre Hüften, die sich bei jedem Schritt hin und her wiegten. Als er noch ein wenig näherkam, um sie zu begrüßen, knöpfte er ihre Bluse mit seinen Augen auf. Seine große Nase gefiel ihr und seine großen Hände stellte sich Anna gerade auf ihren Brüsten oder zwischen ihren Beinen vor. Wenn diese Nase nur halbwegs hielt, was sie versprach, hatte Alexander einen Riesenschwanz in seiner kurzen Hose.

20

Das wird ein geiler Abend, da war sich Anna jetzt ganz sicher. Die Arbeit war für heute erledigt. Da sagte Anna: „Kommt ihr zwei, ich möchte doch noch meinen Einstand geben" und ließ dabei sehr gekonnt ihre Bluse über die Schulter rutschen.

Alexander goss den Sekt ein und Jan gab ein paar Erdbeeren in die Glasschale, die noch eben im Küchenschrank war. Anna holte drei Gläser aus dem Schrank. Sie standen ganz unten. War das so gewollt von den beiden? Anna wusste es nicht, aber das war die Chance Jan und Alexander anzuheizen.

So musste, oder konnte sie sich danach bücken. Ihr geiler Arsch, der sich nun nach oben reckte, war für die zwei ein toller Anblick. Anna tat empört und sagte: „Hey, was schaut ihr auf meinen Arsch, ich gucke euch doch auch nicht auf eure Schwänze".

Obwohl ich die schon gern sehen möchte, dachte sie sich. Die drei stießen an, tranken einen Schluck und schon griff Anna nach Alexanders Schwanz, der schon ziemlich steif und die Beule in seiner Hose nicht mehr zu übersehen war.

Diese Einladung nahmen beide sofort an.

Er schaute in ihre Augen und machte sich daran ihre Jeans zu öffnen während Jan ihre Bluse auszog und mit beiden Händen unter ihr Hemdchen ging.

Natürlich bemerkte er, dass Anna nichts drunter trug, und so gingen die Hände von Jan an ihre festen

Brüste. Er nahm ihre Nippel zwischen Daumen und Zeigefinger und zwickte sie kurz. Anna stöhnte und die Nippel waren schnell hart geworden.

Jetzt zogen beide an ihrer Hose und Jan sah sofort ihre feuchte Möse und Alexander ihren nackten geilen Arsch, denn ihren Stringtanga hatte sie zu Hause gelassen.

Jan fing an sie zu lecken und Alexander gab ihr einen Schlag auf ihre Backen. „Ja, nochmal Alexander, das macht mich geil. Du kannst ruhig doll auf meinen Arsch hauen" sagte Anna. Für Jan rieb sie ihren Kitzler und spornte ihn an. „Spreiz meine Lippen und schieb deine Zunge in meine Möse." Jan leckte ihre geile, immer nasser werdende Möse und Alexander massierte ihr den Arsch ganz kräftig.

„Hock dich hin", sagten beide Männer wie auf einmal. Anna gehorchte und nahm anschließend zwei riesige Schwänze in ihren Mund. Auf beiden Eicheln hatten sich schon die ersten Lusttropfen gebildet. Anna leckte sie genüsslich ab. Umso mehr sie blies je mehr stöhnten die zwei. Alexanders Schwanz war richtig groß und er sagte: „Ich will dich. Erst in deine Möse und dann schiebe ich dir meinen harten Riemen in deinen süßen, kleinen Arsch." „Bitte, ja komm und nimm mich. Ich will deinen Riesenschwanz in mir spüren." Dann schaute sie Jan an und sagte: „Deinen geilen

Schwanz werde ich blasen, deine Eier lecken und meinen Finger in deinen Anus stecken." Jan stieß seinen Schwanz vor Freude noch fester in ihren Mund. Dafür stieß sie ihren Finger mit einem Mal in seinen Anus. Es dauerte nicht lange und er spritzte seine Sahne in ihren Mund. „Schluck, du geile Schlampe" sagte er zu ihr, was sie sehr gern tat.

Alexander, der eben noch zusah, konnte jetzt endlich seinen harten Riemen in Annas kleine Möse stoßen. „Ah, ah, jaaa, oh jaaa, nimm mich richtig hart.

Ich hatte schon drei Tage keinen Schwanz mehr in meiner Möse und Anal ist noch länger her." „Heute bekommst du beides", sagte Alexander zu ihr. Sein Riesenschwanz füllte ihre Möse richtig aus. Anna stöhnte immer lauter und auch Alexander war immer lauter zu hören. „Jetzt ziehe ich ihn raus. Dann drehe ich dich auf deinen Bauch, Süße und dann kannst du mir deinen geilen Arsch geben." Anna ließ sich gern drehen und streckte ihm nun ihren süßen kleinen Arsch entgegen. Mit seiner rechten Hand schlug er einmal auf ihre Backen. „Au, was machst du." „Warte ab, die andere Backe bekommt auch noch eins drauf" erwiderte er. „Das macht dich doch noch geiler" hast du vorhin gesagt. Kaum hatte er auch auf die andere Backe draufge- hauen, nahm er jetzt beide Backen in seine Hände und zog sie auseinander. „Jetzt möchte ich dich lecken" sagte er, spuckte auf ihren Anus und dann leckte er ihr Loch. Anschließend spürte sie zuerst seine große Eichel in ihrem Loch. Sie stöhnte einmal und dann stieß Alexander seinen Schwanz in sie. „Oh, jaaa, jaaa, dein Schwanz ist ja riesig. So dick, dass er mein Anus mehr als nur ausfüllt. So geil hatte ich schon lange keinen Analverkehr mehr" stöhnte Anna heraus. Hin und Her, raus und rein flutschte sein geiles Teil. Bis er ihn herauszog und dann kam sein Sperma. Er spritzte auf ihren Rücken, ihren Arsch und die Sahne lief zwischen ihren Backen über die noch immer nasse und geile Möse. Plötzlich drehte Alexander sie wieder zurück. „Jetzt kannst du ihn sauber lutschen, du kleines geiles Miststück", sagte Alexander zu ihr. „Ich knete noch deine Brüste und werde dir die Nippel schön langziehen. So haben meine Hände noch zu tun, während dein süßer Mund meinen prallen Schwanz sauber lutscht." Sie lutschte und als sie fertig waren, tranken sie den Sekt aus und aßen die restlichen Erdbeeren auf. Danach fuhren sie nach Hause.

Als Anna wieder in ihrer Wohnung war, freute sie sich über ihre knackigen, strammen Kollegen.

Für Alexander und Jan stand eines fest: Wir sind zwei gute Kollegen und mit Anna ein geiles Team.

Das wird wohl nicht die letzte Büronummer gewesen sein.

In der Dusche

Vanessa und Daniel sind schon eine Weile ein Paar. Beide sind verliebt und möchten sich immer gegenseitig spüren. Morgens liegt Vanessa neben Daniel und schaut in sein Gesicht. Ein Bein von ihr liegt über Daniels Hüfte. Ihre Haut ist samtweich und so genießt er es aufzuwachen. Seine Hand ist in den Morgenstunden in ihre knappe Shorts gerutscht und liegt nun auf ihrem wohlgeformten Po.

Daniel wird wach, schaut Vanessa in die Augen und dann geht sein Blick nach unten. Sie küssen sich innig und sein Mund geht weiter. Entlang ihrem Hals, den Schultern bis zu ihrem Busen. Er küsst ihre Brüste und seine Zungenspitze umspielt ihre Nippel, die schon nach kurzer Zeit geil stehen. Seine Hand ist über ihre Hüfte nach vorn zwischen ihre Schenkel gerutscht. Seine Finger schieben sich in ihre süße Muschi und sein Daumen massiert Vanessas Kitzler. Die Knospe wird immer härter und sie stöhnt leise. Nun will auch Vanessa mehr und geht mit ihrer Hand an Daniels Eier. Nur mit den Fingerspitzen fährt sie darüber, um gleich danach seinen Schwanz in ihre Hand zu nehmen, den Vanessa auch gleich beginnt zu wichsen.

Ihre Muschi ist schon nass, kribbelt und die Lustperle ganz prall. Ihr süßer Po wird von Daniel mit der einen und ihre Muschi von seiner anderen Hand massiert. Jetzt zieht Vanessa Daniels Shirt aus und legt auch gleich ihr kleines Hemdchen ab. Nun kommt sie hoch und zieht Daniel mit nach oben. Beide streicheln und küssen sich, da will Daniel wieder mit seiner Hand an, nein in, ihre Muschi. Vanessa sagt „Nein, komm mit ins Bad. Ich möchte das du mich in der Dusche richtig hart fickst." Daniel ist etwas erstaunt, denn so hatte er seine Vanessa noch nicht gehört. Ihre Worte und ihr Körper machen ihn aber so geil, dass er ihrem Wunsch seine Vanessa durchzuficken gern folgt. Sie stehen nebeneinander. Vanessa greift nach Daniels Schwanz und sagt „komm." „Dafür bekommst du einen Klaps auf deinen süßen Po, oder sollte ich besser sagen: deinen hammergeilen Arsch" sagte Daniel. „Gib mir eins, zwei oder mehr auf meinen geilen Arsch" sagte Vanessa. So bekam sie mehr auf ihren Arsch und schon waren beide in der Dusche. Sie ist mit ihren drei Quadratmetern recht groß und für geile Spiele gut geeignet.

Daniel greift nach der Brause, stellt sie auf „Massagestrahl" und hält sie direkt auf Vanessas Brüste und die noch immer stehenden Nippel. „Macht dich das geil" fragte er und Vanessa antwortete: „Ja, aber auch das macht mich geil" und führte seine Hand mit der Brause zu ihrer Möse. Nun nahm sie Daniel die Brause ab und richtete den Strahl auf seine Eichel, nachdem sie die Vorhaut seines Schwanzes zurückgeschoben hatte. Erst zuckte Daniel ein wenig zusammen, aber dann fand er es auch ganz geil. „Hock dich vor mich süße", sagte er zu Vanessa. Sie tat es, massierte sanft seine Eier und nahm seinen Schwanz in ihren Mund. Daniel schob ihn tief hinein und Vanessa merkte, wie groß und steif er schon geworden war. So lutschte sie seinen geilen Schwanz eine Weile und dann stand sie wieder auf. Sie hob ein Bein und sagte: „Leck meine geile Möse. Ich will deine Zunge zwischen meinen Schamlippen und in meinem engen Fickloch spüren." Er hockte sich hin, und dann leckte Daniel die enge Möse von seiner Vanessa bis sie laut stöhnte. „Bitte nimm und fick mich richtig durch." „Ich werde es dir richtig besorgen, in alle Löcher werde ich dich ficken" sagte Daniel. Dann nahm er sie in seine Arme, seine Hände glitten über ihren nassen Rücken, den geilen Arsch und dann hob er seine Vanessa hoch. Setzte sie auf seinen Schwanz und fickte ihre Möse. Vanessa hatte ihre Hände hinter seinem Genick und ihre Beine umschlangen Daniels Hüfte, die jetzt im geilen Rhythmus wippte. Auch ihre geilen Brüste wippten bei jedem seiner Stöße. Daniel ging einen Schritt bis zur Wand, an die sich Vanessa jetzt anlehnte. So konnte sie ihre Hüfte noch besser bewegen und Daniels Schwanz reiten.

Das gemeinsame Kommen sollte aber noch warten und darum hob Daniel seine Vanessa hoch. Kaum das sie vor ihm stand, drückte Daniel auf ihre Schultern. „Blase nochmal meinen Schwanz und küsse meine Eier" sagte er zu Vanessa. Wieder lutschte sie seinen großen Schwanz. „Jetzt will ich dich in deinen Arsch ficken. Komm hoch und bücke dich, Süße. Zeig mir deinen geilen Arsch." „Aber nicht so doll" bat Vanessa. „Ich bin geil auf dich", sagte Daniel und Vanessa erwiderte: „Ich auch. Und ich möchte deinen strammen Schwanz auch in meinem Arsch spüren, aber bitte nicht so tief." „Keine Sorge, ich schieb ihn dir ganz langsam rein und dann ficke ich dich" sagte er.

Vanessa hatte sich schön gebückt, sodass Daniel ihre süße Möse und den kleinen Arsch sehen konnte. Er leckte einmal über die Finger seiner rechten Hand und dann befeuchtete er ihr Loch. Hin und wieder massierte er auch ihre Lippen und Vanessa stöhnte dabei. „Komm schieb ihn mir rein" forderte sie ihn jetzt auf. Das tat er, schön langsam, bis seine Eichel in ihrem Arsch verschwunden war.

Dann bekam Vanessa einen Schlag auf ihre Backen. „Ah, ah, ah" stöhnte sie. „Macht dich das noch geiler" fragte Daniel. „Ja, na klar. Das macht mich geil, aber jetzt fick mich." „Okay", sagte Daniel „jetzt ficke ich dich in deinen Arsch" und stieß seinen großen Schwanz mit einem Stoß bis zum Anschlag in sie hinein. „Au, ah oh du bist super, mein Süßer." Er stieß ihn bei jedem Mal richtig in sie und kurz bevor er kam, sagte er: „Leg dich auf den Rücken und strecke dich aus. Ich will meine Ficksahne auf dir verteilen." Das hatte sie gerade noch geschafft und so konnte Vanessa ihren Daniel, den Superficker beim Abspritzen beobachten. „Das ist ein geiler Anblick" sagte sie noch und bekam einen Spritzer über ihre süßen Lippen und die Augen." Aus den Augen wischte sie die Sahne weg, und schluckte sie. Von den Lippen leckte sie alles ab und dann lutschte sie noch seinen Schwanz sauber. „Das, was du da mit meiner Ficksahne gemacht hast, war auch ein geiler Anblick", sagte Daniel zu seiner Vanessa.

So einen Morgen sollten wir öfter haben, meinten beide. Nun noch gemeinsam duschen und dann: Wer weiß was dieser Tag noch so bringt.

Schwarze Haut und weiße Sahne

Michelle ist gerade 17 Jahre alt, trägt gerne kurze Shorts und darunter eine Hotpants in „36" und obenrum Shirts in „S" und am liebsten in hellen Farben ohne etwas drunter. Kein Höschen, keinen BH. Mit ihrer Figur braucht sie beides auch nicht. Sie ist dunkelhäutig und so kommen ihre Augen und ihre Lippen besonders gut zur Geltung. Sie ist seit ein paar Tagen so richtig verknallt in den süßen Julian.

Julian ist schon 18 Jahre alt und kann sich mit seiner sportlichen Figur es durchaus auch leisten unter der Hose einen Minislip und unter seinem Shirt nichts zu tragen. Er ist auch verknallt in Michelle, traut sich aber nicht, ihr dies zu sagen. Bestimmt hat sie schon einen Freund, denkt er sich. So wie sie aussieht, hat sie vielleicht auch schon gefickt. Sein Schwanz wird schon fester, wenn er ihren süßen Arsch in den Shorts sieht.

Heute, das nimmt er sich fest vor, wird er sie zum Eis einladen und ihr seine Liebe gestehen. Hoffentlich weist Michelle ihn nicht ab. Beide gehen gemeinsam in eine Klasse am Gymnasium. Nach Schulschluss geht er zu Michelle und sagt ihr, dass er gerne mit ihr ein Eis essen würde. Was passiert hier Schönes, denkt sich Michelle und sagt: „Ja, sehr gerne gehe ich mit dir" nicht nur Eis essen, denkt sie sich.

Als beide den Klassenraum verlassen haben, legt sie ihren Arm um Julian. Ob Michelle mich mag, überlegt er gerade noch und legt seinen Arm auf ihre Schulter. Sie schiebt seine Hand bis auf ihre Backen, küsst Julian und lächelt ihn an. Er freut sich, küsst sie und zwickt ihr in den Po. Daraufhin legt Michelle ihren Kopf auf Julians Schulter. Es dauert nicht lange, bis beide das Café erreichen.

Michelle bestellt sich einen Erdbeer- und Julian einen Kokoseisbecher. Natürlich mag Julian auch Erdbeeren und Michelle ist auch gern Kokos. Das ist für beide kein Problem, sie füttern sich halt gegenseitig. Als bei Michelle ein Kokoskrümel auf der Oberlippe bleibt, leckt sie sich diesen genüsslich ab und schaut ihn verführerisch an. „Das macht mich an, Michelle" sagt Julian ganz leise und küsst sie. „Das habe ich gehofft" flüstert Michelle, nimmt seine Hand und legt sie zwischen ihre festen Oberschenkel. Sie küsst ihn wieder und dabei gleitet ihre Hand zwischen seine Beine immer weiter nach oben, bis zu seinem Schwanz.

„Ich möchte mehr von dir, mein lieber Julian, noch mehr als das gemeinsame Eis." Ich möchte mit dir schlafen" fuhr sie fort. „Meine Eltern sind verreist und so haben wir noch fast zwei Wochen

Elternfreie Zone bei mir" ergänzte sie noch. „Ich muss dir auch etwas gestehen, liebe Michelle. Ich, möchte mit dir gehen, weil ich voll verknallt in dich bin." Sie lächelte ihn an und nach dem sie bezahlt hatten, liefen beide los.

Jetzt hatte sie ihre Hand auf seinem und er seine Hand auf ihrem Po. So liefen sie bis zu Michelles Haustür, dann musste sie ihre Hand wegnehmen, um den Schlüssel herauszuholen.

Drinnen drückte Julian seine Michelle fest an sich, sodass sie seinen steifer werdenden Schwanz bemerkte. „Komm wir ziehen uns aus", sagte Michelle. Julian wollte schon damit beginnen sich auszuziehen, als Michelle sagte „Nein, ich ziehe dich und du ziehst mich aus. Ich möchte sehen, ob dein Schwanz so groß ist, wie ich es ahne." Als er, ihr die Shorts auszog sah er die Hotpants in Pink, auf ihrer dunklen Haut. Langsam küsste er sie auf dem Bauch, ihrem Bauchnabel und als er ihre festen kleinen Brüste sah, küsste er die Brüste und dann auch die Nippel von ihr, die schnell fest wurden. „Mach weiter, zieh mich ganz aus und küsse und streichle mich überall." So hockte sich Julian wieder hin und zog ihr die Hotpants aus. Ihre süße Möse ist komplett rasiert und als er sie küsst, drückt Michelle seinen Kopf ganz fest in ihren Schoß. „Mach weiter, küss und leck meine Möse. Das ist so geil, ich liebe es, wie du mich leckst." Julians Zunge glitt zwischen ihre geilen Lippen und seine Hände massierten ihren süßen Arsch. Das macht Michelle so geil, dass sie ein Bein auf seine Schulter stellt und immer lauter stöhnt.

„Jetzt will ich dich verwöhnen" sagte sie, umarmte Julian so fest sie konnte und ging mit ihm in ihr Zimmer. Als er mit dem Rücken zu ihrem Bett stand, gab sie ihm einen kleinen Schubs und er lag auf ihrem Bett. „Das ist ein geiler Anblick, wie du hier auf meinem Bett mit stehendem, prallem Schwanze liegst. Ich blase deinen Riemen und dann rolle ich vorsichtig ein Kondom drüber, setzte mich auf deinen harten Schwanz und werde dich reiten." „Ja, bitte mach das. Ich finde es geil, geritten zu werden. Wie geil ist es, wenn deine Brüste auf- und ab Wippen." Beide stöhnten immer lauter, als Michelle von seinem Schwanz abstieg und sich auf den Rücken legte. „Komm und fick mich" bat Michelle. Julian überlegte nicht lange und stieß seinen steifen Schwanz in ihre süße, nasse rosa Möse. Nach einigen Stößen kamen beide beinahe zeitgleich.

Jetzt zog Julian ihn aus ihrer Möse und Michelle befreite den langsam schlaffer werdenden Schwanz vom Kondom. Aber nur um gleich wieder seinen Schwanz in ihren Mund zu nehmen. Ganz schnell wurde er wieder steif und Michelle wichste ihn und spielte mit ihrer Zungenspitze an Julians Spritzloch.

Als sie dann noch anfing seine Eier zu lecken spritzte er eine zweite Ladung in ihr Gesicht. Die Ficksahne auf ihrem dunklen Gesicht sah geil aus. Michelle wischte sie mit ihren Fingern weg und verteilte sie auf ihren Brüsten. Danach leckte sie sich die Lippen sauber und schluckte seine heiße, geile Sahne. „Jetzt leck mich, bis ich komme, mein Süßer Julian. Dabei darfst du alles mit mir machen, was du möchtest."

Das ließ er sich nicht zweimal sagen. Er legte sich auf den Bauch, sodass er ihre Möse schön lecken und seinen Finger, oder besser seine Finger in ihre Möse aber auch in ihren süßen Arsch schieben konnte. Seine Zunge leckte über ihre geilen, nassen Lippen, die Lustperle, welche immer noch hart war und dann auch in ihrer Möse. Michelle stöhnte immer lauter. Seine Finger bewegten sich in Michelles geiler Fickspalte, dass sie immer und immer lauter stöhnte.

Mit einem Mal kam sie heftig. Sie spritzte ihre Geilheit in Julians Gesicht. Aber er nahm alles in sich auf und seine Zunge bearbeitete ihre patschnasse Möse weiter. Er leckte, leckte und leckte. Michelle schrie jetzt ihre Geilheit hinaus.

Anschließend lagen beide nebeneinander und atmeten noch lange sehr schnell, der Puls beider raste und als sie wieder normal atmen konnten, küssten sie sich. Ihre Zungenspitzen umkreisten sich und im Zimmer lag der Duft von Geilheit, Sperma und den beiden.

Das war nicht das letzte Mal bei den beiden, denn es gibt noch andere Stellungen, in denen sie es so richtig geil treiben konnten.

Geil gefickt – Doggy in beide Löcher

Sara möchte endlich mal wieder so richtig vögeln. Die letzte Nummer ist schon vier Tage her. So wird sie sich heute einen Typen angeln, der es ihr hoffentlich richtig geil macht. Ihre schlanke Figur, der kleine Arsch, ihre blonden hüftlangen Haare und ihre festen, kleinen Brüste wird sie zum Einsatz bringen. Es konnte doch unmöglich sein, dass sie heute Abend wieder ungefickt einschlafen muss. Also die engen Jeans angezogen, das Top mit den Spagettiträgern übergezogen und fertig war sie. Ein Höschen oder einen BH brauchte sie nicht. Das gute war, dass das Top auch noch bauchfrei war. So konnte Sara in die Disco gehen. Und so heiß wie sie aussah, würde bestimmt ein cooler Typ ihre Vögellust befriedigen.

Jan wollte auch endlich mal wieder ein Mädchen flachlegen. Er hatte sich heute mal locker angezogen und hoffte, dass ein geiles Mädchen ihn ausziehen und ranlassen wird. Mit 21 Jahren nur einmal in der Woche ficken, das ist zu wenig, fand er. Noch ein wenig Aftershave und so machte auch Jan sich auf den Weg, genau in die Disco in der Sara heute auch ist.

Sara brauchte nicht lange um den strengen Türsteher hinter sich zu lassen und in die Disco zu kommen. Kommen wollte sie auf jeden Fall, gern auch mehrfach. Zunächst ging sie an die Bar, bestellte sich einen Drink und schaute sich nach jungen Männern um. Die meisten waren entweder nicht allein oder aber sie passten so gar nicht in Saras Geschmack. So blieb sie sitzen und widmete sich dem Barkeeper und ihrem Getränk.

Jan stand etwas länger an, bis er endlich Einlass in die Disco fand. Er war das erste Mal hier und kannte auch nur ein paar andere Jungs die wahrscheinlich das gleiche Ziel hatten. Die Musik ist gut und so auch die Tanzfläche voll. Nach und nach schob er sich durch die tanzenden Leute und da er Durst hatte, ging er als erstes an die Bar. Dort erblickte er Sara, die scheinbar allein hier war. Er setzte sich auf den Hocker neben ihr und fragte „Bist du öfter hier?" „Ja, erwiderte Sara, aber heute suche ich eigentlich einen süßen Typen." Jan bemerkte ihren Blick und es entging ihm auch nicht, dass Sara ihre Brüste hochhob und sich über ihren Mund leckte. „Ich möchte ein bisschen tanzen und dann schauen, was der Abend bringt" sagte Jan. „Dann tanz doch mit mir" erwiderte Sara. Es lief gerade ein gutes Lied und so zögerte er nicht lange und ging mit ihr auf die Tanzfläche. Sara nutzte die Gunst der Stunde, wiegte ihren Kopf und ihre Hüften. Das machte Jan an und er freute sich, dass er seinem Ziel, eine junge Frau flachzulegen, spürbar näherkam. Als ob es so gewünscht war folgte ein langsamer Titel und beide tanzten weiter. Jetzt aber sehr nah und Sara legte Jans Hand auf ihren süßen Arsch.

Nach dem Lied verließen beide die Disco und machten sich auf den Weg zu Sara nach Hause. Sie freute sich schon auf den Fick mit Jan und er freute sich da er es ihr so richtig besorgen wird. Ja, richtig hart durchficken wird er Sara. Jan konnte nicht ahnen, dass Sara zu Hause schon alles vorbereitet hatte. Auf dem kleinen Tisch stand ein Sektkühler, der Sekt war noch im Kühlschrank. Die Liebesschellen waren an vier Enden am Bett befestigt. Die Erdbeeren waren in einer Schale, neben dem Sektkühler und Sahne dazu, dazu und dazu war auch noch im Kühlschrank.

Zu Hause bei Sara angekommen, machte sie sich dabei Jan das Shirt auszuziehen und seine Hose zu öffnen. Als sie in seinen Schritt fasste, merkte sie was für ein Prachtexemplar da schon auf einen Fick wartete. Natürlich zog Jan auch sie aus. Er schob das Shirt über ihre nackten Brüste, denn bauchfrei war sie schon. Jetzt packte er mit einer Hand ihren süßen Arsch und mit der anderen fuhr er in ihren Schritt, nachdem er die verdammt enge Jeans geöffnet hatte. Sofort ging seine Hand an ihre Möse die nackt war und auf Streicheln und Massieren schon wartete. Nachdem Sara ihn ausgezogen hatte, legte sie ihn flach. Flach auf den Rücken und die Hand- und Fußgelenke in den Liebesschellen.

„Was machst du?" fragte Jan. Sara antwortete „Ich will deinen Schwanz blasen, deine Eier massieren und mit meinem Finger an deinem Arschloch spielen. Du wirst einen Fick mit mir erleben, den du vielleicht noch nie hattest." Jan wähnte sich am Ende seiner Träume. „Das wird bestimmt geil" sagte er und er dachte sich, das werde ich mit ihr auch machen. Sie fesseln, dann lecken und ihren Kitzler massieren, während sein Finger in ihrem Arsch verschwindet. „Hör auf, ich komme gleich" stöhnte er noch. Dann spritzte er seinen Samen in ihren Mund. Sara schluckte alles und leckte danach seine Eichel sauber. „Nun kannst du alles mit mir anstellen" flüsterte Sara ihm ins Ohr, während sie seine Hand an ihre Möse schob, die schon ein paar Tröpfchen vor Geilheit verloren hatte.

Er packte sie, drehte sie um und dann fesselte Jan sie. Sara lag auf dem Rücken und so konnte er wirklich alles mit ihr machen. Zunächst küsste er ihren Mund, ihren Hals und ihre Brüste. Vorsichtig knabberte Jan an Saras Nippeln, die vor Geilheit standen. Weiter über ihren Bauch, ihren Venushügel und jetzt die geile Möse. Sara war eng und das gefiel Jan. Er stand auf, holte die Erdbeeren, die Sahne und den Sekt. Er legte je eine Erdbeere auf ihre Brüste, eine auf ihren Bauchnabel und eine schob er ein wenig in ihr enges Fickloch. Jetzt verteilte er die Sahne auf ihr und einen Schluck Sekt goss Jan in ihren Mund und einen in ihren süßen Bauchnabel. Ihr Piercing verschwand im Schaum des Sektes.

Als er fertig war, begann er die Erdbeeren von ihren Brüsten zu essen, die Sahne abzulecken, den Sekt auszuschlürfen und die Erdbeere aus ihrem süßen Fickloch zu essen. Sie schmeckte ein wenig salzig, was bei Saras nasser Möse kein Wunder war.

Sara bekam Jans Schwanz nochmal in den Mund geschoben, während er ihre nasse Möse leckte. Danach stieß er seinen harten Schwanz in ihr kleines Fickloch. „Deine Möse ist so herrlich eng, Süße" sagte Jan. „Fick mich, bitte fick mich richtig hart. Es ist schön deinen Riesenschwanz in meiner Möse zu spüren" erwiderte Sara. Er nahm und fickte sie, bis Sara beinahe gekommen wäre. „Jetzt befreie ich dich, meine Süße" sagte Jan, öffnete die Liebesschellen und packte sie mit seinen starken Händen an ihrer Hüfte. Mit einem Ruck hatte Jan sie umgedreht. Kaum lag sie auf dem Bauch hob er ihr Becken an und stieß seinen harten Schwanz in ihren süßen kleinen Po. „Ah, was machst du, ah, oh, oh?" fragte sie ihn stöhnend. Jan sagte, „du wolltest doch das ich diesen Fick mit dir so schnell nicht vergesse." „Ja, aber von Arschfick war doch nicht die Rede." „Richtig" sagte Jan, „die Rede nicht. Aber warum drüber reden, dich ficken finde ich viel geiler." Kaum ausgesprochen, schob er seinen Schwanz noch tiefer rein. Kurz bevor Jan kam, zog er seinen geilen Schwanz aus Saras Arsch und spritzte ihr eine gewaltige Ladung über den ganzen Rücken. Die Ficksahne spritzte bis in ihr Genick. „So geil bin ich schon lange nicht mehr gekommen" flüsterte Jan in ihr Ohr. „So geil bin ich schon lange nicht mehr genommen worden" erwiderte Sara. „Das wiederholen wir" meinte sie noch. „Klar, Süße" meinte Jan, stand auf und zog sich an.

Ein unverhoffter Dreier

Lisa und Tim waren richtig geil aufeinander. Schon auf dem Weg in die Umkleidekabine hatte Tim seine Hand in ihr Höschen geschoben. „Pass auf, sonst gehen die Bänder an den Seiten auf" flüsterte Lisa in sein Ohr. Sie waren scheinbar inzwischen allein in dem Schwimmbad. „Ich möchte dich ficken" sagte Tim zu ihr. „Und ich kann es kaum noch erwarten dich in meiner Möse zu spüren" sagte Lisa zu ihm und griff dabei nach seinem Schwanz, der schon recht hart und groß war.

Ohne darauf zu achten war ein anderes Mädchen, nämlich Laura, bereits in einer großen Umkleidekabine und wähnte sich auch ganz allein. Sie war nackt und begann an sich zu spielen. Sie massierte ihre Brüste und rieb mit der anderen Hand über ihre, immer feuchter werdende Möse. Vor lauter Geilheit bemerkte Laura gar nicht, dass es da noch ein Pärchen gab, welches in der Nachbarkabine sich gegenseitig immer geiler machte.

Tim hörte plötzlich das Stöhnen von Laura. Er küsste Lisa und ging in die Kabine in der Laura gerade noch mit sich beschäftigt war. Sie hatte sogar vergessen ihre Tür zu verriegeln. So erschrak sie, als Tim auf einmal vor ihr stand. Klar, nicht nur Tim stand, sondern sein Schwanz auch. Schließlich hatte

Lisa ihn schon gewichst und geblasen. Tim zog Laura an sich, umarmte sie ganz fest und danach klatschte seine Hand auf ihren Arsch. „So komm mit, ich werde euch beide ficken" sagte er zu ihr und nahm Laura mit in die Kabine in der Lisa war. „Küsst euch, ihr zwei" sagte Tim zu den beiden. Laura und Lisa sahen sich verwundert an, aber sie begannen sich zu küssen und zu streicheln. „Na, macht dich das an" fragte Lisa. „Ja, ich wollte es schon immer mal mit zwei Mädels machen." „Das hättest du mir doch sagen können" erwiderte Lisa. „Ich habe schon oft davon geträumt, wie es wohl wäre, wenn dich zwei Mädels haben wollen." Laura verstand das zunächst nicht. „Seid ihr beide zusammen?" fragte sie. „Ja, na klar" meinten Lisa und Tim fast zeitgleich. „Aber noch eine Möse zum Ficken ist doch auch geil. Und offensichtlich bist du schon lange nicht mehr gevögelt worden, sonst bräuchtest du dich nicht allein zu befriedigen" meinte Tim.

„Kommt, lasst uns zu mir gehen" sagte Laura. Dort können wir es richtig geil treiben. „Alles klar" sagte Lisa und Tim stimmte natürlich auch zu.

Laura hat eine schöne Zwei-Zimmer-Wohnung mit einem großen Balkon. Es war warm und so setzten sich alle drei hin und machten sich noch weiter geil. Laura zog ihren Minirock aus und setzte sich auf Tims Schoss. Tim zog seiner Lisa das Höschen aus und massierte ihren immer praller werdenden Kitzler. Sie wechselten ein paar Mal die Position und dann gingen sie in Lauras Schlafzimmer. „Wow, das ist ja eine geile Spielwiese" sagte Lisa und ließ sich auf das große Wasserbett fallen. Zuvor hatte sie sich komplett ausgezogen. Laura zog Tim noch die Shorts aus und nun war auch er nackt. Laura ließ sich von Lisa den Stringtanga ausziehen und schon begann sie Lisa zu küssen und Tims Schwanz zu wichsen. Tim leckte inzwischen das süße Fickloch seiner Lisa. Alle drei stöhnten immer lauter.

Lisa und Laura schauten sich nur einmal an und konnten sich wohl mit ihren Blicken verständigen. Beide drehten sich auf den Bauch, hoben ihre Hüften und Lisa sagte: „Los mein süßer, fick uns beide wie du es vorhin versprochen hast." „Wen zuerst" fragte Tim. „Rede nicht so viel, fang an" sagte Laura. „Ich will deinen Schwanz spüren" fuhr sie fort. „Gerne doch" erwiderte Tim und stieß seinen harten Schwanz in ihren kleinen Arsch. „Ist das geil genug" fragte er Laura. „Was machst du, ah, ah, ah" stöhnte Laura. „Ich ficke deinen Arsch du geile Schlampe" sagte Tim zu Laura. Laura schrie ihre Geilheit nur so raus „ja nimm und fick mich richtig durch mit deinem riesigen Schwanz." Lisa, die von dem Treiben der beiden immer geiler geworden war, verpasste Laura einen kräftigen Schlag auf den Arsch. „Jetzt will ich auch gefickt werden" sagte sie zu Tim. Er nahm ihre Hüfte, fuhr einmal mit den Fingern über und in ihre nasse Möse und dann stieß er seinen Schwanz in sie hinein. Seine Lenden klatschten an ihre Arschbacken. „Knall mich richtig, mein süßer. Spritz mich voll, ich will deine ganze Ficksahne in meiner Möse" sagte Lisa zu Tim. Er stieß noch einige Male seinen Schwanz in sie hinein. Plötzlich zog er ihn heraus. „Hockt euch beide hier hin" sagte Tim zu Laura und Lisa. Er stand auf dem Bett und spritzte die Sahne in beide Gesichter. „Das war ein geiler Dreier" meinte Tim. „Ja, deine Sahne schmeckt so gut, die möchte ich öfter" erwiderte Laura. „Ab und zu kann ich ja mit dir teilen" meinte Lisa und so werden die drei sich bald wiedersehen, äh, vor allem wieder ficken.

Annika und ich

Wir sind schnell Freundinnen geworden. Wir kennen uns noch nicht lange, aber es hat gleich eine gefühlte tiefere Verbindung zwischen mir und Annika gegeben. Wir sind Mitte Zwanzig, Annika hat sich vor kurzem von ihrem Freund getrennt und ich hatte zwar schon einige Beziehungen, aber der richtige war noch nicht dabei. Annika hingegen ist erst einmal von Beziehungen geheilt. Aber auf geilen Sex verzichten will sie natürlich so wenig wie ich.

So gehen wir in ein Reisebüro und buchen einen gemeinsamen Urlaub. Die Dame fragt, wo es hingehen soll. Annika und ich schauen uns an, grinsen und Annika sagt: „da wo wir den ganzen Tag Sonne haben und am Strand liegen können." Ich ergänze noch „am besten, wo wir Spaß haben können, aber nicht am Ballermann." Die Dame im Reisebüro versteht sofort und legt den beiden einen Katalog von Hotels auf Ibiza vor. Wir entschließen uns für eine Woche auf Ibiza Urlaub zu machen. Der Strand ist nur gute 100 Meter weg und der passende Ort zum Feiern und Spaß haben wird sich ganz sicher finden.

Auf Ibiza angekommen werden zunächst die Koffer ausgepackt. Und gleich danach beginnt die Auswahl des richtigen Bikinis. Annika zieht sich aus und ich schaue ihr dabei genau zu. Annikas Haut ist schon gut gebräunt, sieht samtweich aus und die großen, aber festen Brüste füllen das Oberteil gut aus. Das Bikinihöschen besteht eher aus zwei kleinen Dreiecken mit dünnen Bändern. Annika ist fast komplett rasiert. Nur ein kleiner Strich ist noch zu sehen. Ich bin etwas verwundert, dass die großartige Figur von Annika mich so anmacht, verkneife mir aber dies auch Annika zu sagen. Nun steht Annika in ihrem pinkfarbenen Bikini vor mir. „Wie findest du den Bikini?" fragt sie. Ich sage sofort „du siehst sexy aus", und bemerke, dass Annika ihre Blicke wohl nicht gespürt hat. „Nun du" fordert Annika mich auf. Ich entkleide mich sehr langsam und als ich nackt bin schaue ich Annika in die Augen. Ich nehme meinen hellgrünen Bikini. Das Neckholderoberteil im Genick zugebunden, verdecken die Stoffdreiecke meine kleinen Brüste. Nur die stehenden Nippel zeichnen sich ab. „Du hattest aber lange keinen geilen Fick mehr" sagte Annika und fuhr fort „„ wenn deine kleinen Nippel schon beim Ausziehen stehen." „Ja, das stimmt" sagte ich. „Ich bin schon sehr ausgehungert nach geilem Sex." Inzwischen hatte auch ich mir mein Bikinihöschen angezogen und die Bänder an der Seite geschlossen. Mein Höschen verdeckte etwas mehr. Aber meine rasierte Möse und mein kleiner Arsch waren wohlgeformt. „Du siehst so großartig aus in deinem Bikini, hier werden wir bestimmt den Schwanz finden, der deine Löcher füllt" sagte Annika zu mir. Ich lächelte und sagte: „Dann lass uns losgehen und gucken ob wir irgendwo ein paar süße Jungs finden, die etwas im Kopf aber auch in der Hose haben."

Wir legten uns an den Strand. Annika legte sich auf den Bauch und zog vorher ihr Oberteil aus. „Meinst du, ich kann das mit meinen kleinen Brüsten auch" fragte ich vorsichtig. „Na klar kannst du das auch. Aber lege dich auf den Rücken, dann siehst und spürst du die Blicke der Jungs" sagte Annika. Es dauerte nicht lange, da kamen zwei vorbei. Der eine blieb stehen und zog mir mit seinem Blick auch noch das Höschen aus. Aber ich merkte schnell, dass in der Hose wohl nur etwas ganz Kleines auf meine Möse und meinen Mund warten würde. So wurde es nichts, zumindest noch nicht.

Annika und ich lagen schon eine ganze Zeit in der Sonne, waren eingeschlafen, plötzlich spürte ich etwas Kühles auf meine Brüste tropfen. Bei Annika waren es die Backen, auf die etwas Kühles tropfte. Wir wurden wach und sahen zwei gut gebräunte, sportliche junge Männer neben uns. Sie machten sich einen Spaß daraus, Annika und mich so zu wecken. Es tropfte kühles Salzwasser aus ihren Plastikflaschen. So befeuchtet wurden die zwei noch nicht. „Hey, was machst du da" sagte ich und fuhr fort „ich tropfe doch auch kein Wasser auf deinen Schwanz." „Das kannst du aber gern tun" sagte der, der noch eben meine Brüste nass gemacht hatte. „Oder, noch besser, du nimmst ihn in deinen süßen Mund und bläst ihn richtig steif." Noch ehe ich etwas sagen oder tun konnte, hatte Annika dem anderen die Hose runtergezogen und lutschte seinen Schwanz, der offensichtlich immer größer wurde. Hoffentlich passt der in meine Muschi, dachte sich

Annika. Ich hatte mich inzwischen auch hingehockt und nahm den Schwanz ganz tief in meinen Mund. „Ihr habt schöne geile Titten", sagten die zwei Männer, „jetzt wollen wir auch eure Mösen sehen." „Nicht nur sehen, sondern lecken und auch ficken" ergänzte der eine noch.

Annika spreizte gern ihre Beine, um sich von diesem jungen Mann die Möse lecken zu lassen. Er küsste die Innenseite ihres Schenkels vom Knie aufwärts. Als er an ihrer Möse angekommen war, spreizte er ihre Schamlippen ein wenig und schob seine Zunge in sie hinein. „Oh, ja mach weiter" stöhnte sie leise und drückte seinen Kopf ganz fest in ihren Schoß. Er machte weiter und küsste ihren Kitzler, der schon ganz fest geworden ist. Seine Zunge leckte Annika immer schneller. Annika wurde davon immer geiler und massierte sich ihre großen, geilen Brüste. Die Nippel waren jetzt genauso hart wie ihr Kitzler.

Wir, die den beiden gemeinsam zugesehen hatten, wurde auch immer geiler. „Das will ich auch" sagte ich und spreizte meine Beine. Der junge Mann küsste mich. Meinen Mund, meinen Hals, meine süßen, festen Titten, meinen Bauch und dann leckte er meinen Bauchnabel. „Oh, das machst du gut, mein süßer", stöhnte ich. Kaum ausgesprochen, schob er zwei Finger in mich und sagte „Deine

Möse ist aber ganz schön feucht, das gefällt mir. Gleich werde ich dich lecken und ich möchte hören, wenn du richtig geil bist". „Ja, nur bitte leck meine Möse, sie ist schon ganz heiß auf deine Zunge" sagte ich. Er küsste meinen Venushügel und dann leckte er ganz fest zwischen meinen Schamlippen. Seine Zunge war sehr geschickt und flink. So dauerte es nicht lange, bis ich stöhnend aufschrie: „Oh, ja, ja, ja mach mich richtig geil und dann möchte ich deinen riesigen Schwanz in meiner Möse spüren." Sehr gern sagte er lächelnd. „Hoffentlich passt er auch hinein in deine enge Möse." „Du hast sie so geil geleckt und geküsst, dass dein riesiger Schwanz bestimmt reinpasst. Also komm und fick mich" sagte ich zu ihm. „Nimm mich ruhig etwas härter ran, das macht mich noch geiler."

Ich drehte mich um und streckte seinem Schwanz meinen süßen Arsch und meine nasse Möse entgegen. Hoffentlich mag er Doggy genauso gern wie ich, dachte ich gerade noch, als ich ihn spürte. Zuerst nur seine Eichel und ganz kurz darauf stieß er seinen großen, harten Schwanz in meine Möse. „Du bist so schön eng, meine Süße. Es ist ein geiles Gefühl dich so richtig durchzuficken." „Ja, komm stoß ihn richtig rein in meine kleine Möse. Wenn du mir noch dabei auf meinen Arsch haust, werde ich noch geiler." Das Klatschen auf meinen Backen kam sofort. „Ja, mehr davon" sagte ich. Und so fickte er mich und versohlte mir nebenbei meinen süßen kleinen Arsch. „Ich komme gleich" sagte er und zog seinen Schwanz aus meiner Möse. „Na komm doch. Spritz mir deine Sahne über den ganzen Rücken." Dann drehte ich mich um. So konnte er auch meine kleinen Titten und mein Gesicht vollspritzen. „Das ist ein geiler Anblick" sagte er zu mir. Dann legte er sich neben mich und wir beobachteten das geile Treiben von Annika und ihrem Lover.

Annika lag auf dem Rücken und er hatte seinen Schwanz bis zum Anschlag in ihrer Möse. Annika stöhnte schon vor Geilheit und er fickte sie immer schneller. Ihre Schenkel hatte sie um seine Hüfte gelegt und er stützte sich mit den Händen am Boden ab. So konnte er ihre Geilheit hören und sehen. „Die Nippel an deinen geilen Titten stehen vor Geilheit. Und deine Titten schaukeln bei jedem meiner Stöße in deine geile Möse." „Genau dieses Schaukeln macht mich auch immer geiler" stöhnte Annika. Auf einmal zog er seinen schönen großen Schwanz aus ihrer Möse. „Was machst du?" stöhnte Annika „ich will meine Ficksahne auf dir verteilen" stöhnte er laut und dann kam eine Ladung nach der nächsten. Sein Sperma spritzte er bis in Annikas Gesicht. „Das ist so geil" stöhnte er und Annika war dabei sich den geilen Saft aus den Augen zu wischen. Sie schob sich alles in ihren Mund und schluckte die Ficksahne ihres Lovers.

„Das war so geil, das wollen wir nicht nur einmal" sagten alle. Sie tauschten die Nummern aus, um noch mehr Nummern zu schieben und übermorgen geht es weiter, verabredeten die vier.

Ein geiler Tag

Nina ist gerade dabei, das Mittagessen für Leon und für sich zu zubereiten. Sie knetet das Mett, die Eier und das Semmelmehl zu einer Masse zusammen. Das Frühstück ist länger geworden. Das mögen Nina und Leon so, wenn sie mal gemeinsam frei haben.

Da es heute sehr warm ist, hat Nina nur ihr Top und ihren Tanga an. Das Top ist weiß und der Tanga ist pink. Beides sieht sehr gut auf ihrer gebräunten Haut aus.

Leon, der Nina schon beim Frühstück immer wieder geneckt und heiß gemacht hat, ist gerade im Bad. Er wollte duschen, möglichst kalt, damit die geilen Gedanken in seinem Kopf mal Ruhe gaben. Aber nichts da. Je mehr er sich bemühte nicht an Ninas süße Titten und ihren sexy Arsch zu denken, je mehr dachte Leon erst recht daran. Sein Schwanz brauchte es mal wieder so richtig geil.

Nina dachte beim Kneten des Mettes daran, wie geil Leon ihre Brüste knetet, wenn er mit ihr ficken will. Dieser Gedanke war gerade in ihrem schönen Kopf fest. Ihre Brustwarzen stellten sich auf und sie merkte wie ihre Möse zu zucken begann. Ja, Leon macht seinem Namen wirklich alle Ehre. Wenn er sie nahm, dann richtig hart und fest. Nina mag es, wenn sie richtig fest gefickt wird. Kuschelsex ist nichts für ihre Brüste, ihre Möse und ihren Mund.

Leon kam aus der Dusche, nackt und mit einem Lächeln auf den Lippen. Das konnte Nina nicht sehen, aber sie hörte das Leon nicht ins Schlafzimmer ging, sondern zu ihr in die Küche kam. Er fuhr mit seinen großen Händen direkt unter ihr Top und fing an ihre Brüste zu massieren. So schnell werden Gedanken wahr, dachte sie sich. Ihre Hände waren wieder sauber und eine griff nach hinten. Jetzt hatte sie seinen Schwanz in der Hand und bemerkte sofort, wie hart er schon war. „So gefällst du mir noch mehr", flüsterte sie in sein Ohr, nachdem sie sich umgedreht hatte. Leons Hand glitt im gleichen Augenblick zwischen ihre festen Schenkel direkt an ihre Möse. „Ich schiebe dir zwei Finger in deine süße Möse" sagte er zu ihr und schon waren sie in ihr. „Das macht mich an, wenn du so mit mir sprichst" sagte Nina und fuhr fort „ich werde mich jetzt vor dich hocken, deinen Arsch massieren und deinen Schwanz lecken und blasen". Er zog seine Finger aus ihr und drückte sie nach unten. Kaum hockte Nina vor ihm, nahm sie seinen Schwaz in den Mund und blies ihn. Zeitgleich streichelte Nina die Eier von ihrem Leon.

Plötzlich hob er sie hoch, küsste sie und seine rechte Hand schlug kräftig auf ihre Backen. „Au, ah, mach weiter. Nimm und fick mich." Leon leckte über ihre geile Möse und ihren Anus. „Jetzt ficke ich dich, du geiles Stück." Er drückte ihren Oberkörper nach vorn, packte sie an der Hüfte und stieß seinen harten Schwanz in ihr enges Fickloch. Immer hin und her zwischen ihren geilen Lippen. „Nimm mich richtig ran, mein süßer" stöhnte es aus Ninas Mund. Leon nahm sie. Er griff nach ihren langen, blonden Haaren, zog daran, sodass ihr Kopf nach hinten ging. „Jetzt ficke ich in deinen Arsch" sagte Leon noch eben und schon stieß er in ihren geilen Arsch. „Ah, ah, ah, ja, ja mach weiter. Ich will deine Fick-sahne." „Die bekommst du Süße. Ich werde dich so vollspritzen, dass du es auf deinem Rücken und auf deinen geilen Arschbacken spüren wirst." Er rammte seinen Schwanz immer fester in Ninas klei-nen Arsch. Sie schrie einmal laut auf und kam ge-waltig. „Jetzt komme ich", sagte Leon und spritzte eine riesige Ladung auf seine Nina. Nun kannst du dich hinhocken und ihn sauber lecken. „Na klar" sagte sie und schon hatte sie ihn wieder im Mund. „Deine Sahne schmeckt so geil, davon bekomme ich nie genug" sagte sie und schluckte das Sperma. Er küsste sie, gab ihr noch einen Klaps auf ihre Backe und ging ins Schlafzimmer, um sich anzuziehen. „Das war doch nur die Vorspeise" sagte Nina. „Ich will dich reiten" sagte sie und schubste Leon auf das Bett. „Das wird ja ein geiler Tag" sagte Leon noch. Dann setzte sich Lena mit ihrer nassen Möse auf Leons Mund. Er begann sofort ihre geile Möse zu lecken. Wie gut, dass er nicht nur einen schönen, großen Schwanz, sondern auch eine flinke Zunge hat, dachte sich Nina. Keuchend begann sie wieder zu stöhnen, denn Leon leckte nicht nur ihre geile Möse, sondern er schob seine Zunge auch gleich hinein. Als Nina sah, wie Leons Schwanz wieder groß und hart wurde, nahm sie ihn in den Mund. „Komm setz dich drauf ich will deine geile Möse mit meinem Sperma füllen". Nina setzte sich stöhnend auf seinen Schwanz. Sogleich begann Nina ihn zu reiten. Mit jeder Bewegung von Nina wurde Leons Stöhnen lauter. Dann krallten sich seine Finger in ihre Titten. Jetzt kamen beide laut stöhnend noch einmal. Nina legte sich neben Leon und sagte „Jetzt gleich mache ich das Essen fertig und danach möchte ich da anfangen, wo wir gerade aufgehört haben.

Das machten sie auch und so fickten beide noch dreimal an diesem Nachmittag. Nach dem letzten Mal war die Ficksahne von Leon alle und sie brauchte sehr lange, um wieder ruhig atmen zu können.

Radeln voller (Vor)Freude

Sabrina, war mit ihren 29 Jahren eine junge Frau und mit ihrer tadellosen Figur ein echter Hingucker in der Männerwelt. Sie wollte mal wieder an den kleinen See, wo es keinen offiziellen Strand und ähnliches gab. Aber da, wo sie vor ein paar Wochen mit Pascal hingegangen war, hatte es beiden gut gefallen. Dort konnten sie sich ungeniert bewegen, denn dort kam niemand vorbei. Aber den ganzen Weg laufen wollte sie auch nicht. Sie rief Pascal an und er hatte natürlich, für Sabrina, immer Zeit. So setzte sie sich auf ihr Rad und war eine knappe halbe Stunde später bei Pascal. „Wollen wir beide noch einmal zu dem kleinen See radeln, an dem wir neulich so schön gebadet hatten?" „Na klar, da komme ich doch gern mit" antwortete Pascal. Sabrina bemerkte, wie er sie mit seinem Blick am liebsten sofort ausgezogen hätte. Ihre Hotpants und das bauchfreie Oberteil sollten ihn auch anmachen. Er zog sich seine Shorts über die Badehose und ein T-Shirt an und nahm noch das große Handtuch aus seinem Badezimmer mit. Man(n) weiß ja nie, was der Tag noch so bringen wird. „Warum nimmst du das große Handtuch, mein Süßer. Ich habe schon zwei in meinen Fahrradtaschen." „Dann nutzen wir das große als Decke. Da können wir uns über- und nebeneinander legen." Er grinste schelmisch. „Na dann kann es ja losgehen" sagte Sabrina. Natürlich fuhr sie vor Pascal. Dem werde ich dir jetzt erst richtig einheizen, dachte sie sich. Ihr fester Arsch in den Hotpants wiegte immer hin und her. Nach einer Weile musste sie aber doch absteigen, denn die Ampel hatte gerade auf Rot geschaltet. „Du siehst so sexy aus, meine Süße. Dein geiler Arsch in dem knappen Höschen ist so großartig anzusehen. Ich fahre nur noch hinter dir, wenn wir radeln."

Als sie am See angekommen waren, war außer den beiden kein Mensch zu sehen. Sabrina nahm Pascal in ihre Arme und ihre Hand ging zu seinem Schwanz. „Du bist aber schon ganz schön geil auf mich" sagte sie und dachte, dass ihr Plan gut funktioniert hat. Seine Hand fuhr in ihre Hotpants und blieb auf ihrem nackten Arsch, denn natürlich hatte sie nichts drunter. Unten nicht und oben auch nicht. „Das fühlt sich gut an, deine kleine Möse in meiner

Hand. Sie ist auch schon etwas feucht" bemerkte Pascal noch. Dann schob er seine andere Hand unter ihr Top und hatte ihre Titten in der Hand. Sofort begann er an dem Nippel zu kneifen, aber ganz vorsichtig. „Das macht dich doch immer so geil, Sabrina." „Ja, und wenn ich jetzt deinen Schwanz wichse, dann wirst auch du immer geiler" sagte Sabrina.

Pascal hatte in der Zwischenzeit sein Shirt ausgezogen. Das Ausziehen seiner Hose übernahm Sabrina. Sie hockte sich vor ihn und nahm seinen steifen Schwanz in ihren kleinen Mund. Ihr Zungenpiercing machte den Blowjob für ihn noch geiler. Als sich beide hingelegt hatten, versenkte er seine Zunge in ihrer engen süßen Möse. Immer wieder stieß er seine Zunge zwischen ihre geileren Lippen. „Ja, mach es mir richtig geil" stöhnte Sabrina und presste seinen Kopf fest in ihren Schoss. Ihre Möse wurde immer nasser und schließlich sagte sie „Bitte fick mich, ich brauche deinen Schwanz in meiner Muschi" und er antwortete nichts, sondern stieß seinen harten Schwanz in ihr enges Fickloch. „Bitte fick auch meinen Arsch" sagte sie plötzlich zu ihm. „Bist du dir sicher, dass du das willst?" „Ja, bitte. Meine Freundin hatte mir erzählt, dass es Anal so richtig, richtig geil sein soll." Sie drehte ihm ihren Rücken zu und streckte ihm ihren Arsch entgegen.

„Ah, oh, au, ah, aah, aah, das ist ja wirklich geil."
„Ja", sagte Pascal „ich finde es auch sehr geil" und
gab Sabrina einen kräftigen Schlag auf ihren Arsch.
Das hatte Pascal bisher noch nicht getan und so
sagte sie zu ihm „das ist ja geil, komm hau nochmal
auf meinen Arsch. Das fühlt sich gut an." Pascal
knallte auf ihren Arsch und stieß seinen Schwanz
noch mal in sie. „Ich komme" sagte er noch, zog
den Schwanz aus ihr und spritzte die ganze Ladung
über ihren Rücken. Sabrina, die sich umgedreht
hatte sagte „spritz auch auf meine Brüste" was er
sehr gern tat.

Nachdem sie eine Weile auf dem großen Handtuch gelegen hatten, nahm sie seine Hand und sagte
„nun können wir auch noch baden gehen bevor wir
wieder zurück zu dir radeln." „Bei mir gibt es dann
die zweite Runde" sagte Pascal und gab ihr einen
sanfteren Klaps auf ihre Backen. „Soll ich wieder
vor dir radeln" fragte sie, „na klar, ich will doch deinen süßen, frisch gefickten Arsch auf der Heimfahrt
sehen."

Jana und ihr Masseur

Jana hatte sich zu ihrem 30. Geburtstag einen
Massagegutschein gewünscht. Sie ist Chefarztsekre-
tärin und hat durch die ständige Arbeit am

Computer so manches Verspannungsproblem. Im Nacken, in den Schultern, im Rücken aber auch in den Beinen und in den Füßen. So hatte sie kürzlich die Bitte an ihre beste Freundin gerichtet. Natürlich bekam sie den gewünschten Gutschein. Als Jana ihn aufklappte stand darin „Gutschein für eine Ganzkörperbehandlung. Bitte bringen Sie etwa 90 Minuten Zeit und ein großes Handtuch mit."

Als sie das gelesen hatte, fragte sie ihre Freundin ob damit wirklich der GANZE Körper gemeint ist. „Das weiß ich nicht, aber der Chef ist sehr gründlich bei seiner Arbeit. Und er sieht verdammt gut aus, hat große kräftige Hände und ich glaube er hat noch etwas Großes" fuhr sie schmunzelnd fort. Wow, dann werde ich mir mal für den Termin, den ich morgen bei ihm habe, etwas einfallen lassen.

Am nächsten Tag hatte Jana sich nach dem Duschen noch rasiert. Im Sommerkleid, darunter der kleinen Ministring und sonst nichts an, machte sie sich auf den Weg. Ihre lockigen roten Haare wehten ein wenig im Wind. In der Praxis angekommen gab sie dem Chef ihren Gutschein und der bat sie herein. Im Flur ging er noch vorweg, dann öffnete er Jana die Tür und überließ ihr den Vortritt. Jana von hinten ist ein toller Anblick und von vorn war sie eine echte Schönheit. „Hinter der Trennwand können Sie sich entkleiden." Als sie wieder hervorkam, bemerkte sie wie der Masseur mit seinem Blick auch noch das kleine Dreieck an den dünnen Bändchen auszog. Vielmehr war der Ministring auch nicht.

„Du kannst dich hier auf den Bauch legen." „Okay, aber sind wir schon beim DU?" fragte Jana. „Wenn du möchtest, ja, und wenn du auch das möchtest, werden wir in einer Stunde bei noch mehr als beim DU sein" dabei lächelte er und schaute auf Janas Po.

Er griff zur Flasche mit dem Massageöl und sagte „Es kann mal kurz kalt werden." „Ich hoffe du sorgst dafür, dass mir auch wieder warm wird, wenn du verstehst, was ich meine" antwortete Jana. „Alles klar, dafür werde ich sorgen" sagte der Masseur und knetete sie richtig durch. Zuerst das Genick, dann die Schultern, den Rücken hinunter und dann die Oberschenkel. „Hey, hast du nicht etwas vergessen?" fragte Jana. „Nein, um die besonderen Stellen kümmere ich mich gleich." Jetzt griff er ihre Backen, knetete sie ordentlich und seine Hand ging immer wieder über ihren Anus hin zu ihrer Möse. Ohne es bewusst zu tun, spreizten sich ihre Schenkel. „Du brauchst es aber ganz dringend" sagte der Masseur und gab ihr einen Klaps auf ihren Arsch. „Ja, ich hatte schon lange keine Massage dieser Art mehr" antwortete Jana. „Ich meinte das etwas anders, aber du wirst bald erlöst" sagte der Masseur, nachdem er ihren Arsch massiert und ihre Möse mit seinen Fingern geöffnet hatte. „Jetzt kannst du dich umdrehen" sagte er zu ihr. Flüsternd fügte er hinzu: „Jetzt will ich deine kleine Möse sehen und lecken. Deine Titten knete ich dir vorher richtig geil und damit höre ich erst auf, wenn deine kleinen Nippel vor Verlangen stehen."

Gesagt, getan. Jana hätte nicht gedacht, dass ein Mann so mit ihren Brüsten umgehen kann. „Es kann …" wollte er gerade sagen, da entgegnete Jana „ich weiß, knete mich richtig durch!" „Alles klar" er nahm ihre Titten und knetete sie. Dabei nahm er immer wieder ihre Nippel zwischen den Zeigefinger und den Daumen und massierte auch diese. „Das ist so geil" sagte Jana. Es dauerte nicht lange bis die Nippel steif waren und so gingen seine Hände zu ihrem flachen Bauch. Hier massierte er sehr zärtlich. Es war schon fast wie ein Streicheln. Am Bauchnabel angekommen, kam er mit dem Kopf näher und küsste ihren Nabel. Dabei spielte seine Zunge mit ihrem Piercing. „Das sieht gut aus" sagte er. „Das ist geil" sagte Jana. Als sein Oberkörper sich wiederaufgerichtet hatte, fiel ihr Blick auf die große Beule in seiner Jogginghose. „Ist der der für mich" fragte Jana und griff nach seinem Schwanz. „Ja, der ist heute nur für dich. Ich bin Single und bei so einer Frau wie dir kann ich nicht widerstehen" sagte er.

„Dann zieh doch deine Hose aus" sagte Jana, während sich ihre Schenkel nun vollkommen spreizten. „Kannst du das übernehmen? Ich möchte noch deinen Mösensaft probieren." So zog sie ihn aus und er begann sie zu lecken. Seine Zunge fuhr mit Druck an ihren geilen Lippen hin und her. Mit der Zungenspitze leckte er ihren Kitzler, der sehr schnell prall wurde.

„Jetzt will ich dich ficken" sagte er „und du, Jana darfst dir die Stellungen aussuchen." Jana blieb erstmal auf dem Rücken liegen und sagte „dann stoß ihn mal so richtig rein, in meine Möse." „Rothaarige sind wirklich eng und dauergeil" sagte er als sein Schwanz komplett in ihrer Möse steckte. „Ich will es richtig hart" sagte Jana und so stieß er seinen Schwanz immer heftiger in sie hinein. „Zieh ihn raus. Ich will deinen Schwanz lecken und blasen. Danach möchte ich ihn in meinem Anus haben." Der Masseur tat, was Jana sich wünschte. Als sie ihn im Mund hatte, bemerkte er ihr Zungenpiercing, was immer über sein Spritzloch leckte. „Na ist das geil, wenn ich dich blase?" fragte Jana. „Oh ja, aber ich möchte noch nicht kommen, denn ich will auch deinen anderen Wunsch erfüllen und dich so richtig geil in deinen Arsch ficken." Jana stand auf, hockte sich auf dem Boden hin und so konnte er von hinten in ihren geilen Arsch. „Du bist klasse gebaut.

Dein Arsch ist so schön eng und mein Schwanz füllt dich auch hier richtig aus." „Ja, ja, ja, jaaaaaa!" stöhnte Jana und kam gewaltig. Kurz darauf zog er seinen Schwanz aus ihrem Arsch und dann spritzte er die ganze Ladung Ficksahne über ihren Rücken. Als Jana seinen Schwanz sauber geleckt hatte, duschte sie zog sich an und verabschiedete sich mit einem Kuss auf seine Wange und dem Griff nach seinem Schwanz. „Zu dir komme ich wieder, wenn ich eine Massage dieser Art brauche" sagte sie. „Sehr gerne" antwortete er, gab ihr einen Kuss auf die Wange und einen kräftigen Schlag auf ihren Arsch. Jana drehte sich um, lächelte ihn an und ging.

Der neue Nachbar

Denise hat heute ihren freien Tag. Auf ihrer Arbeitsstelle wird sie stark gefordert, sodass ihr der eine freie Tag in der Woche immer gut gefällt. Sie kann alles machen, wozu sie sonst keine oder nur wenig Zeit bleibt.

Heute ist sie, nachdem sie sich richtig ausgeschlafen hat, erst um 08:00 Uhr aufgestanden. Wie immer ging sie auch heute erst ins Bad zur Toilette, zum Zähne putzen und zum Kämmen ihrer hüftlangen blonden Haare. Heute ging sie noch auf die Waage, denn seit einigen Wochen ist Denise häufig im

Fitnessstudio anzutreffen. Ihrem schlanken Körper, den festen Brüsten und ihrem straffen Po sieht man(n) das auch an. Denise schläft immer nur mit einer knappen Shorts. Ein Shirt oder ähnliches mag sie nicht, dass findet sie so beengend. Als Denise aus dem Bad kommt schaltet sie die Kaffeemaschine ein und deckt den Tisch. Frische Brötchen, Marmelade, Honig, Käse, Wurst, Weintrauben und auch ein paar Erdbeeren sollen es heute sein.

Als der Kaffee fertig ist, setzt sie sich auf den Hocker, der in ihrer Küche steht. Denise findet es bequem und so macht ihre offene Küche noch mehr her, findet sie. Gerade hat sie sich das erste Brötchen aufgeschnitten als es an der Tür klingelt. Sie ruft: „Ich komme!" Schnell den Bademantel übergezogen und zugemacht. Schon steht sie an der Tür und öffnet. „Guten Morgen, schöne Frau" begrüßt sie ihr neuer Nachbar Malte. Er hat heute wohl auch seinen freien Tag, denn auch er steht im kurzen Schlafanzug und einem Bademantel darüber vor ihr.

Ein Dessert nach dem Frühstück könnte gut werden, denkt sich Denise und fragt „Was kann ich dir Gutes tun?" „Ich brauche etwas Salz für mein Ei. So lange bin ich noch nicht hier und ich habe es noch nicht geschafft so etwas einzukaufen." „Wenn du möchtest, kannst du gern mit deinen Eiern hier mit mir frühstücken" sagte Denise. Malte war etwas erstaunt, aber warum sollte er sich diese Einladung entgehen lassen. „Lass meine Tür ruhig offen, wenn du kurz zu dir gehst, dann brauchst du nicht gleich wieder zu klingeln" sagte Denise. Malte war kaum aus der Tür, da zog Denise ihren Bademantel aus. Nun war sie wieder nur mit ihren knappen Shorts bekleidet. Den vernasche ich gleich, dachte sich Denise. Einen kurzen Augenblick später hörte sie wie sich ihre Tür schloss und sie spürte, wie ihre Möse anfing zu kribbeln. Neulich lief sie vor ihm die Treppe hoch und bewegte ihre Hüfte extra mehr, aber ihm schien es kaum aufgefallen zu sein. Er wünschte ihr auf dem Treppenpodest nur extra schöne Stunden. Aber jetzt wollte sie es wissen. Malte kam in die Küche und sein Blick blieb an ihren Brüsten hängen, dass spürte Denise sofort. „Komm ruhig näher, Malte. Alles, was du hier siehst, darfst du auch anfassen." Malte stellte die zwei gekochten Eier auf den Tisch. Seine Eier und sein Schwanz wurden allein bei dem Anblick geil. „Wow, du hast schöne Titten, liebe Denise, und auch dein Body ist supersexy." „Danke schön" sagte Denise. „Wollen wir erst frühstücken, oder erst ficken?" fragte Malte. „Lass uns erst frühstücken" erwiderte Denise und griff in Maltes Schritt. „Das kann ja geil werden, wenn du in mich eindringst. Dein Schwanz scheint ein Pracht-exemplar zu sein."

Das Frühstück war schnell aufgegessen und beide ließen beim Dirtytalk schon eine geile Stimmung aufkommen. „Ich werde mich auf dein Gesicht setzen und du kannst meine Möse lecken bis ich es vor Geilheit nicht mehr aushalte" hatte Denise gesagt. „Oh ja, ich werde deine Möse lecken, bis sie abspritzt und dabei werde ich deinen Arsch kneten, bevor ich meinen Schwanz in alle deine Löcher stoße" antwortete Malte. „Zieh mich aus und fang an, wenn dein Schwanz hart genug ist." „Wenn du ihn schön tief in deinen Mund nimmst, meine Eier massierst und ihn mir schön wichst, dann wird er deine Löcher stopfen egal, wie eng du gebaut bist meine Süße." So ging das beim Frühstück hin und her. Beide machten sich immer geiler. Dann reichte es Malte. Er hatte aufgegessen, ging zu Denise und stellte sich hinter sie. Mit seinen kräftigen Händen packte er ihre Titten und knetete sie richtig durch. Die Nippel waren hart geworden. Jetzt stand sie auf und sofort zog Malte ihr das knappe Höschen aus. Sofort war seine Hand an ihrer Möse. „Spreiz deine Schenkel, du geiles Stück. Ich will dich lecken und deine Perle soll hart und groß werden dabei." Denise stellte einen Fuß auf den Hocker und schon war Platz für Maltes flinke Zunge. „Ah, ah, jaaa, oh jaaa, das machst du gut. Komm nimm und leck mich. Oh ja, das ist geil" sagte sie noch, als Malte ihre Backen ganz fest massierte. Ihr Stöhnen wurde immer lauter und dann spritzte ihre nasse Möse die Geilheit nur so heraus.

Denise zog Malte wieder nach oben, führte ihn zu ihrem Bett und sagte „leg dich hin, ich will mich revanchieren. Ich werde deinen Schwanz blasen und deine beiden Eier so geil lutschen, dass sie mir ihre Ficksahne geben. Ich möchte, dass du alles in mein Gesicht spritzt."

Malte legte sich auf den Rücken und Denise fing sofort an seinen Schwanz zu wichsen und seine Eier zu lutschen. Dann spielte sie mit ihrer Zungenspitze an seinem Spritzloch. Ihr Zungenpiercing machte Malte noch geiler. Es dauerte nicht lange und auch Malte begann immer lauter zu stöhnen. „Ich komme gleich" konnte er gerade noch sagen, dann spritzte er eine große Ladung seiner Ficksahne in Denise ihr Gesicht. Die Augen, die Nase und sogar ihr Haaransatz hatte auch noch etwas abbekommen. Die größte Ladung spritzte in ihren Mund, den sie weit geöffnet hatte.

Eine Weile später überkam die beiden wieder die Geilheit. Malte massierte jetzt Denise Backen, leckte den Anus und dann stieß er seinen prallen Schwanz in ihren geilen Arsch. „Bist du eng" sagte

Malte. „Du hast ja auch einen riesigen Schwanz" entgegnete Denise. „Ich will dich ja auch in alle Löcher ficken. Jetzt in deinen Arsch und gleich noch in deine nasse Möse." „Oh, ja bitte knall mich richtig. Klatsch auf meinen Arsch, das macht mich noch geiler." Sofort schlug Malte mit seiner großen Hand auf ihren kleinen Arsch. „Au, Au, mach bitte weiter, mein süßer. Ich will deine ganze Geilheit." Malte zog seinen festen Schwanz aus ihrem Arsch und im nächsten Augenblick stieß er ihn in ihre Möse. „Doggy, das mag ich, wenn du mich schön von hinten in meine Möse fickst." Malte stieß ihn noch fester rein und dann kamen beide. Er spritzte in ihre Möse und sie gegen seine Eier. „Das ist ja so geil mit dir" sagte Malte. „Ich bin schon lange nicht mehr so heftig gekommen, wie jetzt mit dir" sagte Denise. Sie fuhr fort „das nächste Mal wirst du mich bei dir ficken." „Okay, dann bis Morgen" sagte Malte, gab ihr noch einen Klaps auf ihren süßen Arsch und ging.

Die Klempnerin

Lars hatte sich vor ein paar Tagen am rechten Sprunggelenk verletzt. Ausgerechnet jetzt lief das Wasser des Spülbeckens nicht mehr ab. Zum Glück hatte er einen Geschirrspüler. Im Normalfall hätte er dies allein repariert, aber jetzt wo er sich nicht vor der Spüle hinhocken konnte, passierte so etwas. Ihm würde nichts anderes übrigbleiben als einen Klempner anzurufen und ihn um Hilfe zu bitten.

Er hat zwar auch Freunde, aber da er seinem Job folgend kürzlich umziehen musste, waren diese weit weg. So schaute er im Internet nach einer entsprechenden Firma und wurde schnell fündig. Schnell dort anrufen und mit etwas Glück hatte der Klempnermeister noch Zeit für sein Problem. Durchgekommen ist er schnell und es dauerte auch nicht lange bis sich der Meister am Telefon meldete. Lars erzählte von seinem Problem. Der Meister antwortete ihm „ich habe mein Buch voll mit Aufträgen, aber ich habe eine Kollegin die sicher noch einen Termin für ihn hat." Lars willigte ein und so kommt in zwei Tagen eine Frau Süßmund zu ihm.

Der Name klingt interessant, dachte sich Lars. Da bin ich gespannt, wer da übermorgen vor mir steht, fuhr er in Gedanken fort. Die zwei Tage vergingen schnell.

Pünktlich um 17:00 Uhr stand Frau Süßmund vor ihm. Sie war höchstens Ende 20, etwa so groß wie Lars, hatte rote lockige Haare und recht schmale Lippen. Sie trug ihren Blaumann und darunter ein Shirt. „Wo brennts denn?" fragte sie.

Lars dachte, wenn ich dich sehe in meiner Hose, aber er sagte „Hier in der Küche. Das Wasser läuft nicht mehr ab." Das haben wir gleich. Mit ein paar geschickten Handgriffen hatte sie den Traps auf, ein Stückchen Möhre heraus und den Traps wieder zu. „Das hast du nicht allein geschafft?" fragte sie. „Nein, ich kann mich nicht hinhocken" sagte Lars und zeigte auf seinen Fuß.

„Oh, das tut mir leid, entschuldige bitte, das habe ich vorher nicht gesehen." „Wenn wir uns duzen, heiße ich Lars." „Gut ich heiße Isabell" sagte sie mit einem Lächeln. „Du bist heute mein letzter Kunde und von dir nehme ich für die Kleinigkeit auch kein Geld. Aber belohnt möchte ich schon von dir werden." „Okay, das mache ich gern" sagte Lars. Darauf entgegnete Isabell „hast du schon mal mit einer rothaarigen wie mir gevögelt?" „Nein, aber so wie du aussiehst möchte ich dich gern richtig geil ficken." Das klingt gut, dachte Isabell. „Zieh dich aus" sagte sie zu ihm und er begann sofort ihr den Blaumann auszuziehen. „Es ist doch viel schöner, wenn ich dich ausziehe und du mich." Der Blaumann rutschte über ihre Hüften und legte einen Ministring frei. Er bestand aus Bändchen und zwei winzigen Dreiecken. „Du siehst geil aus" sagte Lars und als er ihr Shirt auszog bemerkte er das Isabell nichts darunter anhatte. Nur ihre kleinen Titten bekam er zu sehen. Sofort spielte seine Zunge an ihren Nippeln, die ganz schnell steif wurden. So schnell wie er ihr Shirt ausgezogen hatte, so schnell war auch der String weg. „Wie gut, dass ich heute Morgen nach dem Duschen noch meine Möse glatt-rasiert habe" sagte Isabell. „Das hast du sehr gut ge-macht. Meine Haare sind unten kurz" erwiderte Lars. „Das will ich sehen" sagte sie und schon war die Hose, samt Boxershorts ausgezogen. Sie hockte sich wieder hin, diesmal jedoch vor Lars seinem Schwanz, der in ihrem süßen Mund immer steifer wurde. „Du heißt nicht nur so, du hast auch einen süßen Mund" sagte er zu Isabell. „Ich habe auch eine süße Möse, die du gleich lecken kannst. Lege dich mal auf dein Bett, damit ich mich auf dein Ge-sicht setzen kann."

Gesagt, getan. Lars lag nackt auf dem Rücken. Sein prächtiger Schwanz stand nach oben. Isabell küsste ihn und setzte sich danach auf sein Gesicht. „Das ist ein geiler Anblick. Deine Möse und dein süßer kleiner Arsch." „Ich hatte gehofft, dass dir das gefällt. Ich finde es geil, wenn ich geleckt werde. Da-nach brauche ich immer einen harten Fick." „Den sollst du bekommen, meine Süße." Isabell beugte sich nach vor und blies nochmal seinen Schwanz. „Komm fick mich" sagte Isabell. Im gleichen Mo-ment setzte sie sich auf den harten Schwanz und ließ sich richtig knallen. Ihre kleinen Titten schaukelten im Takt des geilen Ritts.

„Massiere mir meine Brüste und versohle meinen Arsch, du geiler Stecher." Kaum hatte Isabell ihren Wunsch ausgesprochen waren seine Hände auch schon da. Die eine knetete ihre Titten und mit der anderen Hand versohlte er ihren geilen Hintern.

„Ich komme gleich" stöhnte Lars. „Ich auch, wenn du so weitermachst, hast du die nächsten Reparaturen kostenfrei" stöhnte Isabell noch und dann kam sie auch schon ganz gewaltig. „Jetzt!" rief Lars und entlud sein Sperma in ihrem Fickloch. „Wie gut, dass ich immer ein Kondom dabeihabe" sagte Isabell lächelnd und legte sich neben Lars. „Ja, ob beim nächsten Mal eines reicht, glaube ich nicht" erwiderte er, legte seinen Arm um sie und beide küssten sich ganz lange.

Sie stand auf, ging duschen, zog sich an und im Gehen sagte sie noch „Wenn du wieder ein Rohr verlegen möchtest, kannst du es gern bei mir reinstecken. Meine Möse und dein Schwanz passen gut zusammen." „Ja, das mache ich" erwiderte Lars und packte mit seinen Händen ihren geilen Arsch in dem unscheinbaren Blaumann. Sie griff in seinen Schritt und sagte „ich freue mich drauf."

Heißer als Hot

Lucas und Julia sind seit knapp drei Monaten verheiratet. Ein Liebespaar wie es heißer kaum sein könnte. Flitterwochen sind bei den beiden eher Flittermonate. Beide arbeiten in anstrengenden Jobs. Er ist Lkw-Spediteur und Lkw-Fahrer und Julia arbeitet als Chirurgin in einer großen, eigenen Praxis.

Kürzlich haben sich die beiden ein Haus gekauft. Mehrere große Zimmer, eine große Küche, ein Bad mit allem drin, was sich die beiden wünschten und ein kleineres Bad für Gäste. Aber die Wünsche von ihr waren noch nicht ganz erfüllt. Julia wünscht sich noch eine Sauna. Nach ein paar Wochen ließen sich die beiden auch die Sauna einbauen und seither steht regelmäßiges Schwitzen auf dem Programm.

Manchmal sind Julia und manchmal Lucas auch allein in der Sauna. Beiden fehlt aber ziemlich schnell die Partnerin oder der Partner.

So wie neulich als Lucas allein in der Sauna war. Julia musste noch arbeiten, sie hatte ihren Op-Tag an dem immer besonders viel zu tun war. Lucas saß in der Sauna und träumte so vor sich hin. Er malte sich gerade aus, wie er seine Julia verwöhnen könnte. Ganz in Gedanken versunken bemerkte Lucas nicht, wie Julia hereinkam. Sie war frisch geduscht und roch so gut. Das Handtuch, welches sie sich mitgebracht hatte, rutschte ihr wie zufällig von den Schultern und schon war sie nackt. Sie setzte sich neben Lucas küsste ihn und schon war ihre Hand an seinem Schwanz. Sofort begann sie damit ihn zu wichsen und flüsterte in sein Ohr „Ich will dich jetzt und hier. Nimm mich so richtig ran. Heute brauche ich einen harten, geilen Fick." Dann stand sie auf und stellte sich vor Lucas. Seine Hände wanderten von ihrem Genick über ihren Rücken bis zu ihrem Po. „Ich liebe deinen geilen Arsch" sagte Lucas. „Dann fick bitte auch ihn" sagte Julia. „Das ist das erste Mal, dass du mich bittest deinen Arsch zu ficken." „Ich weiß, ich war bisher vorsichtig, weil dein Schwanz auch langer Lucas heißen könnte." Aber meine beste Freundin hat kürzlich einen Analfick bekommen und der hat sie noch geiler gemacht als sie vorher schon war. „Jetzt möchte ich wissen, wie geil ich werde, wenn du in meinen Anus stößt." „Dann wirst du heute meine heiße Dreilochdame sein" sagte er und drückte Julia in die Hocke. „Nimm ihn ganz tief, ich liebe es wie du bläst." Julia nahm ihn in die Hand, wichste ihn kurz und dann schob sie seinen Schwanz in ihren Mund. Zuerst nur die Eichel, aber gleich auch ganz. „Macht es dich geil?" fragte sie und Lucas antwortete „Na klar. Wenn du jetzt noch meine Eier lutschst, dann wird mein Schwanz noch härter." Julia nahm seine Eier in ihren Mund und saugte sie tief ein. „Ich will das du mich leckst. Meine Möse und meinen Anus." Jetzt hockte Lucas vor der breitbeinig sitzenden Julia und leckte ihre geile Möse. „Hm, du schmeckst so gut, dass ich gar nicht genug von deiner Möse bekommen kann." Er leckte sie so geil, dass die Lustperle richtig prall wurde. Julia stand mit zittrigen Knien auf, drehte sich um und beugte sich ganz weit nach vorn. „So mein Süßer, jetzt meinen Anus. Bitte so geil wie du eben meine Möse bearbeitet hast." „Deine Möse tropft jetzt noch" sagte Lucas und begann mit seiner Zunge über ihren geilen Arsch zu lecken. Julia stöhnte immer lauter und Lucas stand aus. „Gleich wirst du in deinen Arsch gefickt" hatte er kaum ausgesprochen, da stieß er seinen langen Lucas in ihr enges Arschloch. „Ah, jaaa, jaaa, oh jaaa" stöhnte Julia. „Stoß ihn richtig rein, du geiler Ficker" sagte Julia zu ihm und mit einem einzigen Stoß war er richtig drin in Julias süßem, engen Arsch.

„Komm dreh dich um" sagte Lucas zu Julia. „Jetzt will ich deine geile, nasse Möse." Julia stand auf und legte sich danach auf die Bank, auf der die zwei anfänglich saßen. „Spreiz deine langen Schenkel, damit ich dich schön tief ficken kann." Das tat Julia sehr gern. Sie legte ihre Beine um seine Hüften und so konnte Lucas tief in sie eindringen. „Ich will alles aus deinen Eiern." „Na klar bekommst du alles" sagte Lucas. Mal langsam mal schnell stieß er die Möse seiner Julia. Beide stöhnten einmal kurz und dann kamen beide zeitgleich. Sie spritzte den Mösensaft heraus und er spritzte sein Sperma in ihre Möse, auf ihren Venushügel, ihren Bauch und auch ihre großen, festen Titten bekamen eine Ladung ab.

„Jetzt brauche ich eine Abkühlung" sagte Julia. „Ich auch" entgegnete Lucas. So gingen beide, Hand in Hand in das große Bad und duschten. Allein die Dusche ist beinahe vier Quadratmeter groß.

Danach setzten sich beide nackt in die Küche und genossen jeder ein Eis.

Voll über die Titten

Marcel und Jasmin waren wieder einmal verabredet. Wozu? Na, zu Freundschaft plus, wie man(n) so sagt. Bisher war Jasmin doch immer pünktlich, aber ausgerechnet jetzt, wo er so geil war, dass sein Schwanz nur beim Ansehen eines geilen Arsches oder geiler Titten in der immer enger werdenden Hose pulsierte. Zum Glück saß er im Restaurant und so blieb die Beule in seiner Hose für die anderen Gäste unsichtbar.

Dann, endlich kam sie. Draußen regnete es unaufhörlich, nicht stark aber schon eine ganze Weile.

Jasmin hatte sich noch schick gemacht und ihre neue weiße Bluse über einem weißen BH angezogen. Diesen sah Marcel schon als Jasmin das Restaurant betrat. Sonst war er immer aufgestanden, um sie zu umarmen, aber dieses Mal konnte er nicht. So beugte sich Jasmin zu ihm herunter. Er spürte ihre großen Titten und sie fragte „Ist alles okay bei dir?" „Nein, ich kann nicht aufstehen" sagte Marcel. „Aber warum denn nicht?" fragte Jasmin. Er antwortete nicht, sondern nahm ihre Hand und legte sie direkt auf seinen prallen Schwanz.

„Oh, der hat es aber eilig" sagte sie lächelnd. „Wollen wir noch etwas essen oder naschen wir gleich bei mir?" fragte Jasmin. Marcel flüsterte ihr ins Ohr „ich will dich vernaschen, so schnell wie möglich." „Dann denke jetzt an etwas ganz Kaltes, unerotisches und dein Prachtstück wird kleiner. Dann können wir gehen."

Nachdem Marcel gezahlt hatte, ließen sich die beiden ein Taxi kommen. „Bei dem Regen sieht sonst jeder deine geilen Titten trotz deinem sexy-BH." Es dauerte nur knappe 10 Minuten dann war das Taxi da. Beide stiegen ein und weil die zwei eh schon so geil aufeinander waren, machten sie im Taxi mit Dirtytalk weiter. Die Taxifahrerin wusste schon nicht mehr, wie sie dem Gespräch entkommen konnte. Mit einem Mal sagte sie „„ wenn ihr noch nicht heiß genug seid, dann heize ich euch ein." Sofort waren die zwei still. Marcel hatte noch überlegt was Jasmin wohl zu einem Dreier zu sagen hätte, aber er verkniff sich die Frage, zumindest für den Moment. Seine Augen waren in Jasmins Dekolleté und damit beschäftigt die süße, rothaarige Fahrerin auszuziehen. Als Jasmin das bemerkte, kniff sie einmal fest in Marcels Schritt, der wohl sofort mitbekam, was seine Jasmin davon hielt. Am Ziel – mit dem Taxi – angekommen bezahlte Marcel und beide stiegen aus. Er zwinkerte der Fahrerin noch einmal zu und gab Jasmin einen Klaps auf ihren geilen Arsch.

Sie schloss die Haustür auf und beide gingen hinein, natürlich lief Marcel hinter Jasmin, um ihr süßes Hinterteil vor seinen Augen zu haben. „Du bist ja rattenscharf, so wie du auf meinen Arsch starrst" sagte Jasmin. „Ja und wenn wir in deiner Wohnung sind, werde ich dir deine Klamotten vom Leib reißen, dich küssen, lecken und danach durchficken." „Das hört sich gut an" sagte Jasmin gespielt kühl. Tatsächlich kribbelte ihre Möse schon seitdem sie Marcels Schwanz im Restaurant in der Hand hatte.

Die Wohnungstür war kaum zu, da begann Marcel sein Versprechen wahr zu machen. Er knöpfte ihre Bluse nicht auf, sondern schob sie nur über ihren Kopf. Danach öffnete er ihren BH und dann küsste er ihre Titten. Jasmin hatte inzwischen auch Marcels Hemd ausgezogen und ihre Finger glitten über seinen nackten Oberkörper. Die Fingernägel von ihr kratzten leicht über den Rücken. „Das macht mich noch geiler" sagte Marcel. Jetzt öffnete Marcel die Hose von Jasmin unter der sie nichts trug. „Deine Möse ist ja schon ganz nass." „Ja, na klar, sie wartet darauf von deinem Riesenschwanz ausgefüllt und gefickt zu werden, mein Süßer."

Marcel hatte blitzschnell seine Hose ausgezogen und so konnte er sich an Jasmins Möse machen. „Ich werde dich lecken, bis deine Geilheit zu hören ist." „Ich habe lange auf diesen Satz und auf deine flinke Zunge gewartet. Leck mich und zeig mir, wie geil du auf mich bist." Marcels Zunge leckte auf und ab und seine Zungenspitze spielte mit ihrem Kitzler, der schon zu einer prallen Knospe geworden war. „Du machst es so geil, dass ich mich ewig von dir lecken lassen könnte." Das hörte Marcel und schob zwei Finger in ihr nasses Fickloch. „Ah, jaaa, jaaa, oh jaaa, mach weiter."

Marcel aber legte sich auf den Rücken und deutete auf seinen Schwanz, der etwas Massage von Jasmin gebrauchen konnte. Jasmin setzte sich auf Marcels Mund und so ging es in der 69er weiter. „Ich will deine Titten, ich will sie vollspritzen." Jasmin drehte sich auf den Rücken und Marcel setzte sich auf sie. Jasmin knetete ihre Brüste und sagte „na komm, spritz ab du geiler Bock." Marcels Schwanz, der wieder prall und steif war, passte geradeso zwischen ihre riesigen Titten. Ein paarmal hin und her und dann kam die Ficksahne. Die ersten Spritzer gingen direkt auf die Titten, die anderen in Jasmins Gesicht. Jasmin wischte sich das Sperma aus den Augen in ihren süßen Mund und schluckte die Ladung runter.

„Das war so geil" sagte Jasmin. „Oh, ja du bist eine Hammerfrau mit der Freundschaft plus auch deiner Möse und meinem Schwanz guttut."

Fesseln mal anders

Lea saß mal wieder allein im Wohnzimmer, der gemeinsamen 3-Zimmer-Wohnung. Diese größere Wohnung hatte beide angemietet, weil sie sich einen großen Wunsch erfüllen wollen. Beide möchten ein Kind. Fabian war zur Nachtschicht und sie konnte oder vielmehr sie wollte nicht allein schlafen. Müde war sie auch nicht wirklich, und so hatte Lea es sich auf dem großen Sofa im Wohnzimmer bequem gemacht. Es war schon früher Morgen als sie den Fernseher einschaltete. Irgendwie mussten doch die paar Stunden auch noch rumzukriegen sein. Rumkriegen, das war es. Fabian rumkriegen mal etwas

Verrücktes beim Sex zu tun. Nicht dass beide keine guten Einfälle für immer neue Stellungen hatten, aber mal etwas ganz anderes wollte Lea mit ihrem Fabian erleben.

Im Fernsehen lief nichts Brauchbares und so zappte sie sich durch alle Programme. Sie fand einen Sender, den wohl eher Männer anschauen würden, aber so ein Sexfilm war vielleicht die Inspiration auf der Suche nach etwas Verrücktem. Neulich erst sagte Fabian zu ihr „mach mal deine Augen zu und deinen Mund auf." Lea schloss ihre Augen und öffnete ihren Mund. Sie hatte gedacht, dass Fabian sie jetzt küssen würde und spitzte ihre feinen Lippen ein wenig. Fabian jedoch schob seinen Schwanz hinein und sagte „blas ihn mir." Klar hatte sie ihm einen geblasen und sein Sperma hatte sie auch geschluckt. Genau so etwas oder etwas ähnliches wollte sie nun auch mit Fabian tun. Da kam ihr eine geniale Idee.

Zunächst zog sie ihre Hotpants aus und die Shorts wieder an. Dann entledigte Lea sich auch von ihrem BH, den sie, wenn es nach Fabian ginge nicht zu tragen brauchte. Er sagte ihr immer wieder, was sie für schöne feste Titten hatte. Jetzt das Shirt wieder angezogen und das Bett präpariert. Zweimal am Kopf- und zweimal am Fußende auf der Seite von Fabian. In einer halben Stunde müsste er vom

Dienst zurück sein und im Bett hoffentlich ganz gewaltig kommen.

Lea legte sich, als sie Fabians Schlüssel im Schloss hörte ganz schnell hin. Er wunderte sich, dass Lea sich nicht ausgezogen hatte und wollte sie gerade küssen und zudecken. Da drehte sich Lea blitzartig auf den Rücken, zog Fabian zu sich ins Bett, drückte seinen Mund fest auf ihren und ihre Beine legte sie um seine Hüfte. So kam Fabian nicht mehr weg. Dann ließen ihre Arme etwas locker und Lea sagte „ich habe eine Überraschung für dich." Genau in dem Moment drehte sie Fabian auf den Rücken und fesselte beide Handgelenke zeitgleich. Danach schob sie sein Shirt über seine Schultern, seinen Hals, seinen Kopf und seine Arme. Die Hose zog sie ihm aus und danach griff Lea in die Shorts von Fabian. Genau dorthin wo seine Eier sind, und sein Schwanz ist. „Ich will dich und ich werde dich bekommen" sagte sie.

Jetzt stand sie auf und fesselte auch noch seine Knöchel. Danach ging Lea zu dem großen Spiegel und zog sich ganz langsam aus. „Das ist ein geiler Anblick" sagte Fabian. „Ja, finde ich auch, wenn ich sehe, wie dein Schwanz wächst." „Gleich darfst du mich lecken" sagte Lea noch und setzte sich mit ihrer Möse, die vor lauter Lust schon tropfte, auf Fabians Mund. „Deine Möse schmeckt so guuut"

„Dein Schwanz auch, mein lieber. Jetzt werde ich mich auf deinen Schwanz setzen und dich reiten." „Oh, ja bitte reite mich, fick mich, küss mich." Diese Wünsche erfüllte Lea gern. Seinen Schwanz so schön tief in ihrer Möse zu fühlen, war ein sehr geiles Gefühl."

Fabian begann immer mehr, immer heftiger, immer lauter zu stöhnen, und auch Lea stöhnte schon sehr als Fabian seine ganze geile Ficksahne in ihre enge, nasse Möse spritzte. Auch Lea war so geil gekommen wie schon lange nicht mehr.

Nach einer ganzen Weile bat Fabian darum wieder erlöst zu werden. „Oh ja, ich könnte auch schon wieder" sagte Lea. „Nein, ich meine von den Fesseln erlöst." „Dass überlege ich mir noch." Danach nahm sie seinen Schwanz in ihren Mund und saugte daran und wichste ihn, bis Fabian noch einmal kam. „Du bist so geil, meine süße Lea." „Jetzt erlöse ich dich von den Fesseln." „Wenn du ausgeschlafen hast, wecke ich dich. Lass dich überraschen, wie ich dich dann vernasche." Sie gaben sich gegenseitig einen langen Kuss und Lea bekam beim Gehen noch einen Klaps auf ihren kleinen süßen Arsch. „Schlaf gut, Fabian." „Ja und ich träume auch was heißes von dir" sagte Fabian.

FKK – Strand

Kim ist Asiatin und hat so auch kleine mandelförmige Augen, eine kleine Nase, einen schmallippigen, süßen Mund und ihr Körper ist auch sehr schmal. Gerade das alles liebt Jonas so an ihr.

Jonas ist Mitteleuropäer und hat dunkelbraune Augen, eine größere Nase und sein Körper ist sportlich. Besonders die Nase, liebt Kim und Ja, genau das ist der Grund dafür.

Der Sommer in diesem Jahr war besonders heiß. Die beiden nutzen häufig ihre gemeinsame freie Zeit und gingen baden. Bisher jedoch nur an den Textilstrand. Was FKK bedeutet, wusste Kim bisher noch nicht und Jonas wollte sie ermutigen mal etwas Neues zu wagen. So liefen beide den Strand entlang bis sie das Schild mit der Aufschrift „FKK – Strand" vor sich hatten. „Was heißt das?" wollte Kim von ihm wissen. „Das bedeutet, dass jeder ab hier seine Bekleidung ablegen und nur noch nackt weiterlaufen kann." „Das kann ich doch nicht machen" sagte Kim zu Jonas. „Doch, du hast einen so geilen Body, dass du es ganz bestimmt kannst. Du musst dich nur trauen es zu tun. Ich werde mich auch gleich ausziehen." Kim überlegte trotzdem, ob sie hier weitergehen möchte, aber die kleine Bucht dort vorn war menschenleer und sah auch sehr einladend aus.

So zogen sich beide aus. Jonas gab seiner Kim einen Klaps auf ihren süßen Arsch und Kim war dabei und so bekam auch Jonas einen ab. Er legte seine Hand um ihre Hüfte und sie legte ihre Hand auf seine Backe. Arm in Arm ging es bis zu der Bucht und tatsächlich war hier niemand. Kim legte die Decke hin und beugte sich dabei so, dass Jonas die Möse von ihr sehen konnte. Heute Morgen hatte Kim sich noch rasiert und jetzt war sie ganz froh darüber. Jonas holte den Salat, das Obst und die Erdbeeren aus der Kühltasche. Beide setzten sich nebeneinander und begannen zu essen. Der Salat und das Obst waren schnell aufgegessen. Die Erdbeeren waren nicht nur zum Essen da. Es wurde langsam dunkel und die Sonne verschwand hinter dem Horizont. Kim und Jonas blieben sitzen und küssten sich immer intensiver.

Jonas begann seine Kim zu streicheln. Das Genick, die Schultern, den Rücken und die kleinen Titten, die er immer fester massierte. Es dauerte nicht lange und die Nippel standen. Kim wollte sich jetzt nicht mehr zurückhalten und streichelte auch Jonas. Sehr schnell war ihre rechte Hand an seinem Schwanz und an seinen Eiern. Beides streichelte sie erst zärtlich und dann begann sie seinen Schwanz zu wichsen. Er wurde schnell prall und hart. „Nicht so schnell, ich möchte dich lecken, meine Süße." Sie legte sich auf den Rücken und ließ Jonas machen. Er nahm ihre Oberschenkel und spreizte sie. „Das ist ein geiler Anblick, wenn ich deine süße Möse vor meiner Nase habe." Dann begann er ihre geilen Lippen ein wenig zu spreizen und mit seiner Zunge dazwischen zu gehen. Immer fester wurde seine Zunge und sie sagte „Du leckst so geil, ich könnte das bis zum Sonnenaufgang so haben." „Guter Gedanke" sagte Jonas. „Komm, setz dich auf meinen Mund und nimm meinen Schwanz in deinen Mund."

Kim stand auf, Jonas legte sich auf den Rücken und Kim nahm auf seinem Mund Platz. Sie presste ihre Möse so fest es ging gegen seinen Mund und nahm seine Eier zwischen ihre Finger, während sie mit ihrem Mund seinen Schwanz aufnahm.

Lange dauerte es nicht und Kim wäre beinahe gekommen, so geil hatte Jonas sie geleckt. „Deine Möse ist schon richtig nass" hatte er gerade zu ihr gesagt. „Oh ja und es kribbelt so schön in meiner Möse" sagte Kim. „Dein Schwanz hat mir auch schon ein paar Tropfen gegeben, aber die ganze Ladung möchte ich in meine Möse haben."

Sie legte sich auf den Rücken und er legte sich auf sie. Schon beim Eindringen in ihre nasse, aber trotzdem sehr enge Möse stöhnte Kim „bitte fick mich richtig durch. Dein Schwanz ist so schön hart und geil, dass er meine Möse richtig ausfüllt." „Du willst es hart und fest, alles klar" sagte Jonas und stieß seinen harten Schwanz in ihre Möse.

Jonas nahm sie richtig hart und ihre kleinen Titten bebten bei jedem seiner Stöße. „Ich komme!" stöhnte Kim und im gleichen Augenblick entlud sich auch die Geilheit bei Jonas in einer riesigen Ladung Ficksahne. Er spritzte alles in ihre geile, nasse, enge Möse und danach zog er seinen Schwanz aus ihr heraus. „Gib ihn mir, ich will ihn sauber lutschen" bat Kim und Jonas fügte sich freiwillig.

Dann deckten sich beide zu, kuschelten sich aneinander und schliefen ein.

Das Casting

Bei so einem Casting war Florian noch nie. Naja, es war ja auch kein ganz normales Casting. Hier ging es nicht um eine Rolle als Statist oder als etwas ähnliches. Nein, wenn er bei diesem Casting weiterkam, würde er in Kürze die Hauptrolle in einem 90 Minuten-Film spielen. Gestern war er noch beim Friseur und heute Morgen hatte er sich frisch rasiert. Bekleidet mit einer Jeans, einem Shirt und seinen Lieblingsturnschuhen war er am Vormittag losgefahren. Mit dem Auto sollte er in knapp zwei Stunden am Filmset sein, wo das Casting stattfinden würde. Alles war gut gelaufen, kein Stau und nur eine kleine Umleitung begleiteten seinen Weg.

Als er am Set ankam wunderte er sich, dass die Filmleute im Haus schon dabei waren alles Mögliche aufzubauen. Scheinwerfer, viele Kabel, etliche silber- oder goldglänzende Kisten und einige Menschen, die ihn scheinbar musterten. Er fragte eine junge Dame, wo denn der Castingraum ist und sie antwortete „Du bist Florian?" „Ja." „Dann komm mal mit mir mit, ich bringe dich zu Lara. Das ist unsere Castingchefin. Ich heiße Melina und mit mir wirst du drehen, wenn das Casting gut läuft, aber ich denke das es funktioniert, so wie du aussiehst." „Wie meinst du das?"

„Na ich bin schon Profi in meinem Metier, ich sehe das den Kollegen schnell an. Ein Blick in dein Gesicht verrät mir, dass du gut gebaut bist und genau so etwas brauche ich für die nächsten Tage."

„Die nächsten Tage?"

„Ja, wir drehen nicht nur hier und nicht nur heute. Übrigens brauchst du jetzt nur noch durch die nächste Tür auf der linken Seite zu gehen. Dann bist du bei Lara. Von ihr erfährst du, nach dem Casting wie es weitergeht, wenn du die Rolle bekommst."

Fabian ging in den Raum und vor ihm stand eine blonde junge Frau. Sie hat schulterlanges Haar und der Ausschnitt ihrer Bluse geht fast bis zum Bauchnabel. Sie trägt einen sehr kurzen Rock und sieht wirklich sexy aus.

„Bist du gut hierhergekommen?" fragte Lara. „Ja stau frei und trotz einer kleinen Umleitung war das gut. Eine Melina hat mich hierher begleitet und mir gezeigt, wo das Büro von dir ist." „Dann habt ihr euch schon kennengelernt?" fragte Lara. „Ja."

Na, dann fülle mal bitte die Bögen aus und danach machen wir dann den praktischen Teil, deiner Bewerbung für unsere Hauptrolle." Florian füllte fast alles aus. Bei einer Frage konnte er nicht antworten, denn die Antwort wusste er nicht. Die eine Frage war: „Wie lang ist Ihr Penis, wenn er steif ist?" und die andere „Können Sie mit zwei Frauen gleichzeitig GV haben?" Was „GV" sein soll, dachte sich Florian schon, aber er hatte noch nie mit zwei Frauen gleichzeitig Sex und die Länge seines Schwanzes hatte er auch noch nicht gemessen.

„Zieh dich mal aus" sagte Lara zu ihm. Als er nackt war, nahm Lara seinen Schwanz in die Hand und wichste ihn kurz. Sofort stand sein Schwanz. Jetzt nahm sie ein Bandmaß und war scheinbar zufrieden. „16,5 cm. Das ist schon geil. Setz dich mal hin, ich komme gleich wieder."

16,5 cm, na gut dachte sich Florian. Jetzt weiß ich wie lang mein Schwanz ist, wenn ihn die richtige in der Hand hält. Es dauerte eine gefühlte Ewigkeit, dann stand Lara mit Melina vor ihm. Melina beugte sich nach unten und gab ihm einen Kuss auf die Wange. „Du hast die Rolle und kannst mich in den nächsten Tagen in vielen Stellungen durchvögeln."

„Ich möchte aber trotzdem die Antwort auf die zweite Frage haben" sagte Lara. „Die interessiert mich auch" meinte Florian. Dann brauchen wir nur noch die zweite Dame, denn du als Chefin wirst ja wohl eher nicht …" „Doch" sagte sie, zog sich aus und Melina war inzwischen von ihm ausgezogen worden.

„Fick uns beide" sagten Melina und Lara beinahe zeitgleich. Florian ließ sich nicht lange bitten. „Legt euch auf den Rücken, ich will probieren welche Möse besser schmeckt, damit ich weiß, welche ich zuerst stopfen werde." „Das klingt geil" meinte Melina. Florian leckte beide und als er sich sicher war, dass Melinas Möse die bessere war, drehte er sie um und fickte sie von hinten gleich in beide Löcher. Lara durfte beide noch geiler machen und das tat sie nicht nur mit Worten, sondern sie massierte Florians Eier und leckte Melinas Brüste. Als Florian die geile Möse gefickt und die Titten von Melina vollgespritzt hatte widmete er sich Laras Arsch. Der hatte ihn vorhin schon geil gemacht und jetzt sollte er auch gefickt werden. „Dreh dich um, du geile Schlampe" sagte er etwas lauter zu Lara. Kaum hatte sie das getan, packte Florian sie an ihren langen Haaren und hielt sie fest, wobei er die Haare zu sich zog. „Jetzt ist dein geiler Arsch dran" sagte er zu Lara und stieß kräftig seinen strammen Schwanz in ihren Po. „Ah, ah, au, langsam, ah, ah" stöhnte Lara, doch Florian ließ sich nicht beirren. Er fickte ihren Arsch hart und kurz bevor er kam, zog er seinen Schwanz raus. Die Haare hielt er jetzt nicht mehr, aber die Ficksahne spritzte er bis auf ihren Kopf.

„Du hast die Frage aber geil beantwortet" sagte Lara danach und lutschte ihn sauber. „Bis Morgen" sagte er, gab beiden einen kräftigen Schlag auf den Arsch und ging.

Nun sind Sie dran, liebe Leser*innen und Leser

Mehr von mir und meinen Büchern finden Sie im Internet auf: www.voegellaune.eu

Meine Freundinnen